호두까기 인형

호두까기 인형

The Nutcracker

에른스트 호프만 지음 · 대그마르 베르코바 그림 | 박진권 옮김

더클래식

제1장
크리스마스이브

해마다 12월 24일이 되면 공중보건의사인 슈탈바움 씨의 아이들은 온종일 거실에 들어가는 것이 엄격하게 금지되어 있었다. 더구나 그 거실과 맞닿아 있는 화려한 접견실에 들어가서는 안 되었다.

프리츠와 마리는 작은 뒷방 구석에 몸을 움츠린 채 앉아 있었다. 벌써 땅거미가 내려 어두컴컴해지기 시작했고 두려웠다. 이 날따라 등불을 들고오는 사람조차 없었기에 두 아이는 진짜 무서운 기분이 들었다. 프리츠는 여동생(마리는 이제 막 일곱 살이 되었다)에게 이른 아침부터 문이 꼭 잠긴 두개의 거실에서 바삭거리는 소리와 딸그락거리는 소리 그리고 나지막하게 망치 두드리는 소리가 계속해서 들렸다며 아주 은밀하게 소곤소

곤 털어놓았다. 게다가 방금 전만해도 까만 얼굴빛의 키 작은
어떤 남자가 커다란 상자를 겨드랑이에 끼고서 복도를 살금살
금 지나갔는데, 자기는 그 사람이 다름 아닌 드로셀마이어 대
부님이었다는 사실을 잘 안다고 덧붙였다. 그러자 마리는 너무
기뻐서 조그만 손으로 손뼉을 치며 외쳤다.

"아, 드로셀마이어 대부님이 우리를 위해서 멋진 걸 만들어
오셨을 거야."

고등법원 판사인 드로셀마이어는 그다지 잘 생기지 않은 남
자였고, 키는 작고 몸집이 마른데다가, 얼굴에 주름살이 많았

다. 오른쪽 눈이 있어야 할 자리에는 커다란 검은 안대를 대고 있었고 심지어 머리카락도 전혀 없었다. 그렇기 때문에 대부님은 아주 멋진 흰색 가발을 썼는데, 그 가발은 유리섬유로 만든, 다른 말로 하자면 아주 훌륭한 손재주로 만든 작품이었다.

아이들의 대부는 말하자면 대단히 정교한 남자이기도 했다. 심지어 시계 만드는 기술도 터득해서 스스로 시계까지 만들 줄 아는 분이었다. 그래서 슈탈바움 씨네 집에 있는 멋진 시계들 중 하나가 고장이 나서 노래를 할 수 없게 되자, 드로셀마이어 대부가 와서, 유리섬유로 만든 가발을 벗고, 자신의 노란색 프록코트도 벗고서, 청색 앞치마를 두르고는 뾰족한 공구들을 가지고 벽시계 속으로 쑤셔 넣었다. 그랬기 때문에 이 일은 어린 마리의 마음을 정말 아프게 했다. 하지만 대부의 이런 행동은 시계에 아무런 해를 끼치지 않았고, 오히려 시계는 다시 살아나 정상적으로 재미있게 윙윙 소리를 내고, 제때에 시각을 알리고 째깍째깍 소리내기 시작했다. 그래서 이 모든 일은 모두들에게 큰 기쁨을 주었다.

대부가 올 때면, 언제나 가방에 아이들을 위해 뭔가 멋진 것을 가져오곤 했다. 때로는 눈을 부릅뜨고 듣기 좋은 말을 하는 익살스런 외모를 한 난장이를 가져왔고, 때로는 뚜껑을 열면 작은 새가 갑자기 뛰어오르는 작은 깡통을, 때로는 뭔가 다른 것을 가져오기도 했다. 하지만 크리스마스 때가 되면 대부는

늘 예쁜 예술 작품을 만들었는데, 이 일은 대부를 아주 힘들게
했다. 그렇기 때문에 대부가 선물로 이 작품을 아이들에게 나
누어주고 나면, 부모가 그 선물을 아주 소중하게 보관하곤했다.

"아, 드로셀마이어 대부님이 우리에게 주려고 멋진 것을 만
들어 오실 거야"라고 마리가 이제 외쳤다. 하지만 프리츠는 이
번에는 그 선물이 다름 아닌 요새일 수 있을 거라고 생각했다.
그 요새 안에서 대단히 멋진 온갖 병정들은 위아래로 행진하며
훈련을 실시하고 그러고 나서는 요새 안으로 쳐들어가고 싶어
하는 다른 병정들이 오지만, 요새 안에 있는 병정들이 용감하
게 밖으로 대포를 쏠 것이고, 대포가 요란한 소리를 내며 날아
가 폭발할 것이었다.

"아니, 아니야." 마리가 프리츠의 말을 가로막았다.

"드로셀마이어 대부님이 나한테 예쁜 정원에 대해 말씀해주
셨어. 그 안에는 커다란 호수가 있고, 그 호수에는 황금빛 목걸
이를 두른 아주 화려한 백조들이 이리저리 헤엄치고 제일 예쁜
노래를 부를 거래. 그러면 키 작은 여자애가 정원에서 호숫가
로 나와서 백조들을 불러 모아놓고 달콤한 마르치판(아몬드가
루와 설탕으로 반죽한 과자)으로 먹이를 준다고 했어."

"백조들은 마르치판을 안 먹어."

프리츠가 거칠게 불쑥 끼어들었다.

"그리고 드로셀마이어 대부님이 정원 전체를 만들 수도 없

어. 실제로 대부님이 만든 장난감들 중에서 우리가 갖고 있는 게 거의 없잖아. 우리가 받는 선물은 금방 다시 빼앗겨, 그래서 아빠와 엄마가 우리에게 선물로 주시는 게 훨씬 더 좋아. 우리는 그것을 잘 간직할 수 있고, 우리가 원하는 대로 가지고 놀 수가 있어."

이제 아이들은 이번에는 다시 무슨 선물을 받을 수 있을지 이것저것 추측을 했다. 마리는 매력적인 트루챈 아가씨(마리의 큰 인형)가 낡았고, 언젠가 바닥에 엎어져서 얼굴에 생긴 더러운 때가 벗겨지지 않았기 때문에 이제는 원래대로 옷을 청결하게 하는 것을 더 이상 생각할 수 없다고 말했다. 아무리 호되게 꾸짖어도 아무런 소용이 없다는 것이다. 자기가 그래챈의 조그만 양산을 보고 기뻐하자 엄마도 미소지었다고 말했다. 반면에 프리츠는 자기의 마구간에 힘센 적갈색 말이 한 마리도 없고 아울러 자기의 군대에 기병대가 전혀 없으며, 이 사실을 아빠가 잘 알고 있다고 단언했다. 이렇게 아이들은 부모님이 전시해 놓고 있는 갖가지 멋진 선물이 자기들에게 이미 사 주셨던 것이란 사실을 잘 알고 있었다. 동시에 아이들은 친애하는 성자 그리스도께서 친근하고 경건한 어린아이 같은 눈길로 이러한 선물들에 빛을 비추어주신다는 것, 그리고 마치 은총이 가득한 주님의 손길이 닿은 것같이, 각각의 크리스마스 선물이 그 어떤 선물들과도 견줄 수 없을 정도로 더할 나위 없이 큰 즐거움을 줄 거라고 확신했다.

맏이인 루이제가 부모에게 받게 될 선물에 대해 소곤소곤 이야기 나누는 두 아이들에게 사랑스런 부모의 손을 통해 자녀들에게 항상 진정한 기쁨과 즐거움을 선물로 주시는 분은 성자 그리스도이고, 또한 그리스도는 그런 사실을 어린아이들 자신보다도 더 잘 알고 계시기에 아이들이 온갖 것을 다 원하고 바라서는 안 되며, 어떤 선물을 받게 될지 조용하고 경건하게 기대하고 있어야 한다고 추가하여 상기시켰다. 그 말을 듣고 어린 마리가 깊은 생각에 잠겼을 때, 프리츠는 혼자 중얼거렸다.

"난 이번에는 힘센 적갈색 말과 경기병들을 갖고 싶어."

이제 날은 칠흑같이 어두워졌다. 프리츠와 마리는 더 이상 한마디 말도 못한 채 서로 나란히 몸을 바싹 붙여 웅크렸다. 두 아이들은 자기들을 에워싸고 있는 날개 소리가 살랑살랑 소리를 내는 것 같았고, 아주 멀리서 나오는 음악소리이기는 하지만 제법 멋지게 들리는 듯했다.

한줄기 밝은 빛이 벽에 비치었다. 그때 아이들은 이제 아기 예수께서 반짝거리는 구름을 타고서 행복한 다른 아이들에게 날아가셨다는 걸 알았다. 바로 그 순간 딸랑딸랑, 딸랑딸랑하고 은방울처럼 맑은 벨소리가 들렸다. 그리고는 갑자기 문이 열렸고, 큰 거실에서 찬란한 광채가 환하게 비치자 아이들은 "아!" 하고 큰소리로 외치면서 놀란 듯 꼼짝도 못하고 문지방에 서 있었다. 이윽고 아빠와 엄마가 문으로 들어와 아이들의 손을 꼭 잡고 이렇게 말했다.

"어서 들어와, 어서 들어와, 사랑하는 아가들아, 어서 들어와서 성자 그리스도께서 너희들에게 무슨 선물을 하셨는지 봐."

제2장
선물

나는 친애하는 독자들이나 청취자가 프리츠이든 테오도르 또는 에른스트 아니면 너의 이름이 무엇이든 간에 개인적으로 부탁한다. 그리고 아름답고 다채로운 선물들로 찬란하게 꾸몄던 작년 크리스마스 선물 탁자 이미지를 진짜로 생생하게 눈앞에 그려보기를 부탁한다. 그러면 그 아이들이 반짝이는 눈으로 완전히 말문이 막혀 꼼짝도 않고서 서 있던 모습, 얼마 후에야 비로소 마리가 깊이 탄식하면서 "아, 너무 예뻐! 아, 너무 예쁘다!"라고 외치던 모습, 그리고 프리츠가 거실을 돌아다니며 몇 번씩 재주넘기를 하여 멋지게 성공한 모습을 상상할 수 있을 것이다. 하지만 이 아이들은 일 년 내내 특별히 얌전하고 믿음이 두터웠던 게 틀림없다. 왜냐하면 이 아이들이 이번처럼 이렇게 아주 아름답고 훌륭한 선물을 받아본 적이 한 번도 없었기 때문이다. 거실 한 가운데 있는 커다란 전나무에는 수십 개의 금빛과 은빛 사과들이 달려있었고, 꽃봉오리와 꽃잎들처럼 설탕에 절인 아몬드들과 갖가지 색상의 사탕들과 그밖에 예쁜 모양의 과자류들이 나뭇가지마다 싹터있었다.

하지만 이 기적의 나무에서 가장 아름다운 속성으로 기려야만 할 것은 분명히 어두운 나뭇가지들에 달려있는 수백 개의 조그만 양초들이 작은 별들처럼 반짝이고 기적의 나무가 스스로 안에서 빛을 밝히고 발산하면서, 그 꽃과 열매를 따라고 친절하게 아이들을 초대한 일이었다. 그 나무를 빙 둘러 쌓아올린 모든 물체들이 매우 다채롭고 멋지게 반짝거렸다. 상상할 수 있는 모든 종류의 아름다운 물건들이 거기 있었다. 정말, 누가 이것을 묘사할 수 있을까! 마리는 가장 섬세한 특징을 지닌 인형들과 갖가지 깔끔하고 작은 장난감 가구들을 바라보았다. 그런데 무엇보다도 아름다워 보였던 것은 여러가지 색의 리본들로 우아하게 장식된 실크 드레스였다. 이 드레스는 어린 마리의 눈앞에 있는 하나의 받침대에 걸려있어서, 마리는 그 드레스를 사방에서 관찰할 수 있었다. 마리는 몇 번이고 반복해서 감탄하여 외치면서도 계속해서 그 옷을 적극적으로 관찰했다.

"아, 예쁜 드레스, 아, 귀엽고도 귀여운 드레스. 그리고 저 옷을 내가 틀림없이, 저 드레스를 내가 진짜로 입게 될 거야!" 프리츠는 그 사이에 벌써 서너 번이나 테이블 주위를 말을 탄 자세를 취하면서 전속력으로 달리고 빠르게 걸으면서 새로운 적갈색 말을 찾고 있었다. 그러다가 프리츠는 고삐에 꿰인 채 테이블에 달려있는 그 말을 정말로 발견했다. 보이지 않는 말에서 다시 내리면서 프리츠는 이 말이 사나운 야수이지만 상관없다고 생각했다. 자기가 그 말을 분명 붙잡을 거라고 자신했다. 그리고는 붉은색과 금색으로 화려하게 옷을 차려입고, 순은으로 만든 무기를 들고 있고 광택이 나는 흰색 말들을 타고 있는 새로운 경기병 중대를 유심히 살펴보았다. 그런데 이 말들도 순수한 은으로 만들어진 것이라고 믿어야 할 정도였다.

아이들은 조금 더 침착해졌는데, 때마침 가져와 펼쳐놓은 그림책들로 몰려가려고 했다. 이 아이들은 이 그림책에서 심지어 예쁜 꽃들과 다양한 피부색의 사람들 그리고 진짜 살아있는 것처럼 보일 정도로 아주 자연스럽게 그려진 사랑스럽고, 즐겁게 뛰어노는 아이들도 볼 수 있었다. 하지만 아이들이 이 놀라운 책들을 달라고 조르자마자, 초인종 소리가 다시 울렸다. 이 신호로 아이들은 이제 드로셀마이어 대부가 선물을 주려고 하는 것임을 알아차리고는 벽 앞에 있는 테이블을 향해 달려갔다. 그때까지 그 뒤에 감추어져 있던 우산이 순식간에 걷혔다. 그때 이 아이들이 본 것은 가지각색의 꽃들로 장식된 녹색의 잔디밭에 수많은 유리창들과 황금빛 탑들이 있는 대단히 웅장한

성이 우뚝 서있는 광경이었다.

차임벨 음색의 음악이 몇 음 들리더니, 문들과 창문들이 활짝 열렸다. 그러자 깃털모자들과 아주 긴 드레스를 입은 키가 아주 작지만 기품 있는 신사들과 숙녀들이 성 안에 있는 여러 홀들을 이리저리 돌아다니는 것이 보였다. 완전히 불 가운데 있는 것처럼 보이는 중앙 홀에서는 아주 많은 조그만 초들이 은색 샹들리에 가장자리에서 타오르고 있었고, 짧은 재킷에 스커트를 입은 아이들이 차임벨 연주에 맞추어 춤을 추고 있었다. 에메랄드빛의 외투를 입은 어떤 신사는 가끔 창을 내다보고, 손짓을 하더니 마치 드로셀마이어 대부님과 똑같이 다시 사라졌다. 하지만 아빠의 엄지손가락보다 크지 않은 그 신사는 가끔 저 아래 성문 앞에 서 있다가 다시 들어갔다.

프리츠는 양팔을 테이블에 괴고 아름다운 성과 그 안에서 춤추고 산책하는 인물들을 바라보며 이렇게 말했다.

"드로셀마이어 대부님! 저를 한번 이 대부님의 성으로 들여보내주세요!"고등법원 판사는 프리츠에게 그것은 지금 가능하지 않다고 알려주었다. 그의 말이 옳았다. 프리츠가 성 안에 있는 황금빛 탑을 통틀어 모은다고 해도 자신보다도 크지 않은 성으로 들어가려고 의도하는 것은 어리석은 일이기 때문이었다. 프리츠도 그걸 깨달았다.

얼마 후, 이런 방식으로 신사들과 숙녀들이 계속해서 이리저리 산책하고, 아이들이 춤을 추고, 에메랄드빛이 나는 옷을 입은 남자가 동일한 창문 밖을 내다보고, 드로셀마이어 대부가 문 앞에 나타나자, 프리츠는 더 이상 참지 못하고 소리쳤다.

"드로셀마이어 대부님, 이제 위쪽 다른 문으로 나와 보세요."

"그건 안 돼, 귀여운 프리츠야." 고등법원 판사가 대꾸했다.

"그러면 그냥 밖을 내다보는 녹색 옷을 입은 남자가 다른 사람들 하고 이리저리 돌아다니게 해주세요"라고 프리츠가 계속해서 말했다.

"안 돼." 고등법원 판사가 또 다시 응답했다.

"그러면 아이들을 내려 보내주셔야 해요. 나는 그 아이들을 좀 더 가까이서 보고 싶어요"라고 프리츠가 큰 소리로 말했다.

"이런, 그건 전부 다 안돼, 기계장치라는 건 한 번 만들어지면, 반드시 고안된 대로 실행해야만 하거든." 고등법원 판사는 짜증난 말투로 말했다.

"정말이에요?" 프리츠가 말을 길게 끄는 목소리로 물었다.

"모두 다 안 돼요? 드로셀마이어 대부님, 제 말 좀 들어보세요, 대부님이 저 성 안에 만들어놓으신 아주 깨끗한 작은 조각상들이 늘 똑같은 것 외에 달리 아무 것도 할 수 없다면, 그 조각상들은 별로 쓸모가 없을 것 같아요. 그리고 저는 더 이상 저 조각상들에 대해 특별히 묻지 않을 거예요. 그럼요, 저는 그들을 다스릴 제 경기병들을 칭찬할 거예요. 저의 경기병들은 제가 원하는 대로 앞으로 움직여야 하고, 뒤로 움직여야만 해요. 그리고 그들은 어떤 집에 갇혀 있지도 않아요."

프리츠는 그렇게 말하고서는 성탄절 테이블 앞으로 뛰어가 은색 말을 탄 기병대를 이리저리 속보로 가게하고 방향을 돌리기도 하며 마음껏 기병대를 모이게 하더니 대포를 쏘게 하였다. 마리 또한 슬그머니 자리를 떠났다. 왜냐하면 마리 역시 성 안에 있는 인형들이 여기저기 돌아다니고 춤을 추는 모습에 곧 싫증이 났기 때문이었다. 그렇지만 마리는 몹시 얌전하고 착했기 때문에 오빠 프리츠처럼 그것을 내색하고 싶지는 않았다. 오히려 고등법원 판사인 드로셀마이어는 아이들의 부모에게 상당히 불쾌하게 말했다.

"어리석은 아이들에게 이런 예술작품은 소용이 없는 일입니다. 저는 당장 제가 만든 성을 다시 챙겨야겠습니다."

하지만 아이들의 엄마가 다가와서 성의 내부구조와 작은 인형들을 움직이는 놀랍고도 대단히 예술적인 톱니바퀴장치를 보여 달라고 급히 요청했다. 재판관은 전부 해체했다가 그것을 다시 조립했다. 그렇게 하면서 판사는 다시 기분이 명랑해져서 그 아이들에게 얼굴과 손과 다리 모두 금빛을 입힌 멋진 갈색 피부의 남자 인형과 여자인형 몇 개를 더 선물했다.

그 인형들은 전부 손으로 만든 것이고, 생강 과자처럼 달콤하고 기분 좋은 냄새가 풍겨서 프리츠와 마리는 인형을 받아들자 몹시 기뻤다. 맏딸 루이제는 어머니가 바랬던 대로 선물로 받은 예쁜 드레스를 입고 있었는데, 너무나도 예뻐 보였다. 하지만 마리는 자신도 드레스를 입어보라는 말을 듣자, 자기는 차라리 그 드레스를 좀 더 구경해보고 싶다고 말했다. 그래서 마리에게 이 특권이 기꺼이 허락되었다.

제3장

보호자

사실 마리는 자기가 지금까지 알아차리지 못했던 것을 방금 막 발견했기 때문에, 결코 성탄절 테이블을 떠나고 싶지 않았다. 크리스마스 트리에 바싹 붙어서 열병식을 하던 프리츠의 경기병들이 출동함으로 말미암아 대단히 멋진 키 작은 남자를 볼 수 있었다. 그 남자는 자기의 순서가 오기를 마치 침착하게 기다리기라도 한듯이 조용하고 겸손하게 거기 서 있었다.

반면에 그의 외모에 대해서는 여러 가지 이의를 내세울 수 있을 것 같았다. 좀 길고 튼튼한 상체가 가느다란 짧은 두 다리와 제대로 어울리지 않는 건 제쳐놓더라도, 머리 또한 지나치게 너무 커 보였다. 하지만 그의 깔끔한 옷차림이 많은 결점을 보완해주어서, 훌륭한 취향과 교양을 갖춘 남자라는 걸 넌지시 암

시해주었다. 요컨대 그가 하얀색 장식 끈들과 단추들이 달린 아주 아름다운 보라색으로 반짝이는 경기병 상의와 함께 바지를 입고 있었고 언젠가 어떤 대학생, 더군다나 어떤 장교의 발을 훌륭하게 꾸몄을 법한 가장 멋진 장화를 신고 있었다. 마치 다리에 장화를 그려놓은 것처럼 장화가 가느다란 다리에 꼭 맞았다. 그가 이러한 복장에 정말 나무로 만든 것 같아 보이는 좁고 세련되지 않은 외투를 등 뒤에 걸치고 광부 모자를 쓰고 있는 것이 참으로 우스꽝스러웠지만, 그 와중에도 마리는 드로셀마이어 대부님조차 아주 형편없는 망토를 걸치고, 닳아 해진 모자를 쓰고 있어도 대단히 매력적인 대부님이라고 생각했다. 하지만 드로셀마이어 대부님이 아무리 기품 있게 차려입는다 해도, 이 남자처럼 멋지게 보이지는 않을 거라고 깊이 생각했다.

마리는 첫눈에 좋아하게 된 이 매력적인 남자를 점점 더 오랫동안 바라보면서, 그 남자의 얼굴에 드리워진 온화한 천성을 알게 되었다. 조금 튀어나온 연록색의 커다란 두 눈에서는 오로지 친근함과 호의만이 보였다. 다행히도 그의 턱 주변에 하얀 솜을 깔끔하게 다듬어서 턱 주변에 기품 있게 붙여놓은 수염은 그 남자에게 잘 어울렸다. 새빨간 입술이 만들어내는 온화한 미소를 더욱 더 감지할 수 있었기 때문이다.

"아!" 마리가 마침내 소리를 질렀다. "아, 아버지, 저기 저 나무 앞에 있는 사랑스러운 작은 남자는 누구 것이에요?"

"저 남자인형은", 아버지가 대답했다. "애야! 저 인형은 너희들 모두를 위해 억척같이 일할 거야. 너희들한테 저 인형이 딱딱한 호두를 잘게 부수어 줄 테니까. 저 인형은 너와 프리츠의 것이기도 하고 루이제의 것이기도 하단다."

아버지는 그 남자인형을 탁자에서 조심스럽게 집어 올렸다. 아버지가 나무로 된 외투를 높이 치켜 올리자, 남자인형이 입을 크게, 아주 크게 벌리며 두 줄로 배열된 아주 하얗고 뾰족한 이빨을 드러냈다. 마리는 아버지가 지시하는 대로 호두 한 개를 밀어 넣었다. 그러자 '딱'하고 그 인형이 호두를 깨물어서 껍질이 떨어지더니 부드러운 알맹이가 마리의 손에 들어왔다. 이제 마리를 포함하여 모두 다 이 우아한 작은 남자가 호두까기 가문의 후손이며 자기 조상들의 가업을 영위하고 있다는 사실을 잘 알게 되었다. 마리는 기뻐서 환호성을 질렀다.

그러자 아버지가 말했다. "마리야, 내가 말했듯이, 루이제와 프리츠도 너와 마찬가지로 그 인형을 이용할 권리가 있지만, 호두까기 인형 친구가 그렇게 네 맘에 들거든, 네가 특별히 잘 돌봐주고 보호해줘야 해."

마리는 즉시 그 인형을 팔에 안고 인형에게 호두를 까게 했다. 하지만 마리는 남자인형이 입을 너무 크게 벌리지 않도록 제일 작은 호두들을 골랐다. 입을 활짝 벌리는 것은 근본적으로 그 인형에게 잘 어울리지 않았다. 이내 루이제가 마리에게 합류했다. 그래서 호두까기 친구는 루이제를 위해서도 자기의 직무를 이행해야만 했는데, 호두까기 인형은 줄곧 아주 친절하게 미소 짓고 있어서 자기 직무를 즐거이 수행하는 것 같아 보였다. 그러는 사이에 프리츠는 기병대를 많이 훈련시키고 승마 교육을 시키느라 지쳤다. 그런데 호두가 재미있게 딱 깨지는 소리를 듣자, 프리츠는 누나와 누이에게 달려왔다. 그리고는 익살스럽게 생긴 키 작은 남자인형을 보고는 큰소리로 웃었다. 이제 프리츠마저도 호두를 먹으려고 하자, 남자인형은 이 손에서 저 손으로 옮겨 다녔고, 입을 크게 열었다 닫는 일을 전혀 멈출 수 없게 되었다. 프리츠는 여전히 제일 크고 가장 단단한 호두들을 집어넣었다. 하지만 결국 어느 순간 탁 탁 소리가 나더니 호두까기 인형의 입에서 이빨 세 개가 떨어져 나왔다. 그러고 나서 그의 아래턱 전체가 느슨해졌고 흔들렸다.

"아, 내 불쌍한 귀여운 호두까기!" 마리가 크게 소리쳤다. 그러고 나서 프리츠의 손에서 그 인형을 빼앗았다.

"얘는 어리숙하고 둔한 녀석이야"라고 프리츠가 말했다.

"호두까기가 되고 싶어 한다면서 건강한 치아를 갖고 있지 않네 뭐. 아마 자기가 해야 할 일을 전혀 알지 못할지도 몰라. 그 인형 돌려줘, 마리! 그 인형이 남은 이빨들을 모두 잃어버린다 해도, 그래 게다가 위턱 전부 쓸모없는 물건이 되었다 해도, 호두를 깨서 나한테 줘야 해."

"아니야, 아니야", 마리가 울면서 소리쳤다.

"오빠는 내 사랑하는 호두까기를 받지 못할 거야. 이 인형이 얼마나 애처롭게 나를 쳐다보고 상처 난 입을 내게 보여주는지 보기나 해! 하지만 오빠는 몰인정한 사람이야. 오빠는 자기 말 들을 때리고, 더군다나 병정이 총에 맞아 죽게 내버려두잖아"

"그건 그래야만 하는 거야, 넌 그걸 알지 못하고 있는 거지. 하지만 호두까기가 네 것인 거처럼 내 것이기도 하거든. 당장 이리 주기나 해!"

프리츠가 소리쳤다. 마리가 심하게 울기 시작했다. 그러고는 아픈 호두까기 인형을 작은 손수건으로 재빠르게 감싸주었다. 아이들의 부모가 드로셀마이어 대부와 함께 왔다. 대부는 마리 의 괴로움을 들어주는 대신에 프리츠의 편을 들어주었다. 하지 만 아버지는 이렇게 말했다.

"나는 분명하게 호두까기 인형을 마리가 돌봐주도록 했다. 그리고 내가 보건대 이 인형은 지금 보호가 필요하기 때문에, 누가 뭐라해도 호두까기 인형에 대한 완전한 권한은 마리에게 있다. 그건 그렇다 치고 프리츠가 근무하다가 병이 든 어떤 부 하에게 훨씬 더 심한 일을 하라고 요구하는 것이 몹시 놀랍구 나. 노련한 군인은 부상자를 결코 줄 맞춰 세우지 않는다는 사 실을 잘 알아야 할 텐데?"

프리츠는 몹시 창피했다. 그래서 호두와 호두까기 인형에는 더 이상 관심도 두지 않고 탁자 반대편으로 슬쩍 떠났다. 그곳은 프리츠가 소속부대의 전초병들을 세운 다음에, 경기병들이 하룻밤 묵어가려고 들어간 숙소였다. 마리는 호두까기 인형의 잃어버린 이빨들을 찾고 있었고, 자기 옷에서 떼어낸 예쁜 흰색 띠를 호두까기 인형의 상처난 턱에 묶어주었다. 그러고 나서 몹시 창백하고 놀란 듯 보이는 불쌍한 작은 인형을 조금 전보다도 더 조심스럽게 자기의 손수건으로 감싸주었다. 그렇게 마리는 작은 인형을 마치 어린 아이처럼 이리저리 팔에 안고 흔들면서, 무엇보다도 오늘 받은 풍성한 선물들 사이에 놓여있는 새로운 그림책의 아름다운 그림들을 보았다.

드로셀마이어 대부가 지독히도 못생긴 작은 녀석한테 어떻게 그렇게 곰살궂게 대해 줄 수 있냐고 너털웃음을 지으면서 묻자, 마리는 평소의 마리답지 않게 몹시 화가 났다. 그 작은 인형이 처음에 마리의 눈에 들어왔을 때, 특이하게 드로셀마이어 대부와 비교했던 것이 다시 떠올랐다. 그래서 마리는 아주 진지하게 이렇게 말했다.

"대부님, 대부님도 내 귀여운 호두까기 인형처럼 멋지게 몸치장하실지 누가 알겠어요, 그리고 이렇게 아름답게 번쩍이는 장화를 신으신다 하더라도, 대부님이 호두까기 인형처럼 멋지게 보일지 아닐지 누가 알겠어요!"

마리는 부모님이 왜 그렇게 크게 웃음을 터뜨렸는지, 그리고 왜 고등법원 판사의 코가 그렇게 빨갛게 변했는지, 그리고 방금 전처럼 왜 부모님하고 함께 깔깔 웃지 않는 건지 전혀 알지 못했다. 아마도 그렇게 하지 않으면 안 될 그만의 특별한 이유가 있었을 것이다.

제4장
경이로운 일들

공중보건의사인 슈탈바움 씨네 거실 문을 열고 들어가면, 바로 왼쪽 넓은 벽에 유리문이 달린 높은 장식장이 하나 서 있다. 아이들은 매년 받은 아름다운 크리스마스 선물들을 전부 보관하고 있다. 아버지가 대단히 숙련된 고급가구 제작자에게 장식장을 만들어달라고 부탁했을 때, 루이제는 아직 어렸다. 이 가구 제작자는 하늘같이 정말 투명한 판유리를 끼워 넣었고, 어떻게 해서든 전체를 아주 능란하게 만드는 방법을 아주 잘 터득하고 있어서, 손에 들고 있을 때보다도 이 모든 것이 거의 더 번쩍거리고 더 예쁘게 보였다.

프리츠와 마리의 손이 닿지 않는 제일 위 칸에는 드로셀마이어 대부의 예술품들이 있었고, 바로 그 아래에는 그림책용 칸이 있었고, 가장 아래 두 칸을 프리츠와 마리는 원하는 대로 무엇이든 채워도 괜찮았다. 그렇지만 마리는 가장 아래 칸을 자기의 인형들에게 거주하도록 내주었다. 반면에 프리츠는 그 위 칸에 자기의 부대들을 시켜 막사를 설치하게 했다.

오늘도 예외없이 이런 일이 일어났다. 프리츠가 자기의 경기병을 위에다 세워놓는 동안에, 마리는 아래에서 트루챈 아가씨를 옆으로 치워놓고, 예쁘게 손질한 새 인형을 가구가 아주 잘 비치된 방에 들여놓았다. 그러고 나서 마리는 새 인형의 집에서 열린 사탕과자 파티에 자신을 초대했다. 그 방은 상당히 잘 꾸며졌다고 내가 말했는데, 그것도 사실이다. 내 말을 주의깊게 경청해주는 사람인 마리, 네가 꼬마 슈탈바움 양(이 애 이름도 마리라는 걸 넌 이미 잘 알고 있어)처럼 어쨌거나 네 이름도 마리인지 난 몰라서 그래!

너도 이 꼬마 아이와 마찬가지로 예쁜 꽃무늬가 장식된 작은 소파, 여러 개의 아주 멋진 의자들, 앙증맞은 차 테이블, 무엇보다도 먼저 제일 예쁜 인형들이 푹 쉬는 아주 산뜻하고 윤기가 흐르는 조그만 침대를 소유하고 있니? 내 말은 바로 그거야. 이 모든 것이 장식장 구석에 있었고, 게다가 이 장식장의 사방 벽에는 각양각색의 그림들로 도배되어 있었어. 그래서 너는 마리가 같은 날 저녁에 들었던 것처럼 클래르핸 아가씨라고 불리는 새로운 인형이 이 방 안에서 아주 편안하다고 느끼지 않을 수 없다는 사실을 아마 상상할 수 있을 거야.

늦은 저녁이 되었다. 사실 자정이 다가오는 중이었다. 드로셀마이어 대부가 떠난 지 오래되었다. 그런데도 아직 아이들이 아직 유리 장식장에서 전혀 멀어질 줄 모르자 어머니는 이제 그만 잠자리에 드는 게 좋을 거라고 경고했다.

"맞아요." 프리츠가 마침내 큰 소리로 말했다. "이 가련한 녀석들(그의 경기병들을 가리켜 말하면서)도 이제 쉬고 싶어 해요. 그리고 내가 여기 있는 한, 아무도 잠깐이나마 조는 것을 엄두도 내지 못해요. 난 벌써 그것을 알고 있었어요." 그렇게 말하면서 프리츠는 방을 떠났다.

하지만 마리는 이렇게 간절히 애원했다. "잠깐만요, 아주 잠깐 동안만 여기 있게 해주세요, 어머니. 저는 정말 처리해야 할 일이 많아요. 그것을 처리하자마자 곧바로 자러 갈게요!" 마리는 무엇보다 온순하고 단정한 아이였다. 그래서 선량한 어머니는 아무 걱정 없이 마리를 장난감들 곁에 혼자 있게 내버려둘 수 있었다.

어머니는 마리가 새로 받은 인형들과 예쁜 장난감들에 절대로 유혹되지 않도록, 그리고 벽 장식장 주위에서 타고 있는 촛불들을 잊어버릴까 봐 어머니는 촛불을 모두 껐다. 그리하여 방 한가운데 천장에 매달려있는 램프만이 부드럽고 우아한 불빛을 발산했다.

"빨리 들어와, 사랑스러운 마리야! 그렇지 않으면 넌 내일 제 때에 일어날 수 없어." 어머니는 침실로 물러가면서 이렇게 큰 소리로 말했다. 마리는 혼자 있게 되자마자 서둘러 움직였다. 마음에 두고 있던 일을 하려고 급히 달려갔다. 마리 자신도 이유를 알 수 없었지만, 자기가 하고 싶은 것을 어머니에게 털어놓고 싶지는 않았다. 마리는 다친 호두까기 인형을 자기의 손수건에 감싼 채 여전히 팔에 안고 있었다. 마리는 이제 그 인형을 조심스럽게 테이블 위에 눕히고, 살살 손수건을 풀고서, 상처를 살펴보았다.

호두까기 인형은 몹시 창백했으나, 그런 상황에도 아주 애처롭고 상냥하게 미소짓고 있어서 정말이지 마리의 마음 속은 깊이 사무쳤다.

"아, 호두까기 인형!" 마리는 아주 다정하게 말했다.

"프리츠 오빠가 너를 괴롭혔다고 해서, 화내지 마. 오빠도 그렇게 나쁘게 하려던 것은 아니었어. 자기가 이끌고 있던 이 야만적인 병정들의 태도 때문에 오빠가 좀 냉혹해졌을 뿐이야. 하지만 안 그랬으면 오빠는 아주 착한 소년이야. 그건 내가 너한테 장담할 수 있어. 하지만 네가 다시 완전히 건강하고 쾌활해질 때까지, 이제 내가 널 정말로 정성스럽게 보살펴 줄 거야. 네 이도 정말 튼튼하게 제자리에 맞춰주고, 어깨도 원상회복시켜 줄 거야. 드로셀마이어 대부님이 분명 그렇게 해 주실 거야.

그런 일에는 대부님이 정통하신 분이시거든."

하지만 마리는 이 말을 끝까지 다 할 수 없었다. 마리가 드로셀마이어라는 이름을 말하자 친구인 호두까기 인형은 아주 심하게 입을 삐죽거렸고, 그의 두 눈은 녹색으로 반짝이는 가시 같은 섬광을 뿜어냈다. 하지만 마리가 몸서리치려던 그 순간, 다시 한 번 정직한 호두까기 인형의 애처롭게 미소 짓는 얼굴이 보였다. 그러고 나서 방안에 외풍이 불어 즉시 타오르는 램프불이 호두까기 인형의 얼굴을 그렇게 일그러뜨렸다는 것을 마리는 알게 되었다.

"심지어 저기 저 나무인형이 나한테 얼굴을 찌푸릴 수 있다고 믿을 정도로 그렇게 잘 놀라다니 내가 어리석은 애가 아니고 뭐야! 하지만 그렇더라도 난 호두까기 인형이 너무 좋아. 이

인형이 아주 우스꽝스럽지만, 그래도 진짜 마음씨가 좋기 때문이야. 그러니까 보살핌을 받는 것이 당연해.”

그렇게 하면서 마리는 친구인 호두까기 인형을 팔로 안고서 장식장 가까이 다가가, 쪼그리고 앉아 새 인형에게 이렇게 말했다.

“클래르핸 아가씨, 진심으로 간청하는데, 상처입고 아픈 호두까기 인형에게 침대 좀 내주세요. 그리고 대안이 없으니 소파를 임시로 쓰세요. (당신은 아무 탈도 없으니) 아가씨는 아주 건강하고 진짜 튼튼하다는 걸 생각해봐요. 그렇지 않다면 아가씨의 뺨이 그렇게 짙은 붉은색을 띨 리가 없으니까요. 그리고 제일 예쁜 인형들 중에 극히 일부만이 아가씨의 것처럼 저렇게 부드러운 소파를 가지고 있다는 걸 생각해봐요.”

클래르핸 아가씨는 완전히 번쩍거리는 크리스마스용 정장을 차려입고 있어서 아주 고상하지만 삐친 것처럼 보였다. 그렇다고 “끽!” 소리도 내지 않았다.

“하지만 어찌 야단법석을 떨겠어”라고 말하며 마리는 침대를 꺼내어, 아주 살그머니 부드럽게 호두까기 인형을 그 위에 눕혀놓았다. 그리고 또 평소에 몸에 두르고 다니던 아주 예쁜 작은 띠를 다친 어깨에 감아주었고, 코밑까지 이불을 끌어올려 호두까기 인형을 덮어주었다.

“버릇없는 클래르핸 곁에 호두까기 인형이 있어서는 안 되지." 마리는 계속해서 말했다. 그러고는 그 안에 누워있는 호두까기 인형과 더불어 침대를 꺼내어 위쪽 칸으로 옮겼다. 그래서 이 침대는 프리츠의 경기병들이 주둔하고 있는 아름다운 마을 곁에 바싹 자리 잡게 되었다. 마리는 장식장 문을 닫고 침실로 들어가려고 했다.

바로 그때, 얘들아, 귀 기울여 봐! 바로 그때 사방에서, 난로 뒤에서, 의자들 뒤에서, 장식장들 뒤에서 나지막하고, 나지막하게 소곤거리고 속삭이고 바스락거리는 소리가 나기 시작했다. 그사이 벽시계가 점점 더 큰 소리로 덜그럭 덜그럭 소리를 냈다. 하지만 그 시계는 종을 칠 줄 몰랐다. 마리가 시계를 바라보았다. 그때 그 위에 앉아 있는 도금된 커다란 부엉이가 양 날개를 늘어뜨려서 시계 전부를 덮으며 주둥이가 삐뚤어진 못생긴 고양이 같은 얼굴을 앞으로 쭉 내밀었다. 그러더니 시계는 점점 더 강하게 다음 같이 분명한 소리가 들리는 말로 덜그럭거렸다.

"시계야, 시계들아, 시계들아, 시계들아, 너희들은 모두 부드럽게 소리 내야만 해, 제발 무섭게 하지 말고 부드러운 소리를 내야 해. 생쥐 왕은 정말이지 예민한 귀를 갖고 있어. 푸르 푸르 품 품 그저 노래를 불러 줘. 생쥐 왕 앞에서는 옛 노래를 불러 줘. 푸르 푸르 품 품하고 종을 쳐줘, 종을 쳐달라고. 생쥐 왕은 곧 끝장날 거야!"

그러자 시계는 품, 품하면서 완전히 숨 막히고 목이 쉰 소리를 열두 번 울렸다! 마리는 몹시 무서워지기 시작했다. 그리고 마리는 드로셀마이어 대부가 부엉이 대신 벽시계 위에 앉아서 노란색 윗옷자락을 날개처럼 양쪽으로 늘어뜨린 것을 보았을 때, 깜짝 놀라서 하마터면 거기서 달아날 뻔했다. 하지만 마리는 용기를 내어 울먹이며 큰 소리로 외쳤다.

"드로셀마이어 대부님, 드로셀마이어 대부님, 그 위에서 뭘 하시려는 거예요? 어서 저한테 내려오세요. 저를 이렇게 소스라치게 하지 마세요. 대부님, 나빠요!"

하지만 바로 그때 갑자기 사방에서 미친 듯이 낄낄거리는 웃음소리와 휘파람 소리가 들렸다. 그러더니 곧 수천 개의 작은 발이 한데 모인 듯이 벽 뒤에서 총총걸음으로 걷는 소리가 들렸고, 또 수천 개의 작은 불빛이 마루의 갈라진 틈새로 새어 나왔다. 하지만 그것은 불빛이 아니었다. 분명 아니었다! 그것은 불꽃처럼 반짝이는 작은 눈들이었다. 곳곳에서 생쥐들이 밖을 내다보며 나오려 하는 걸 마리는 깨달았다.

곧 거실 사방으로 저벅저벅 휙휙 빠르게 뛰어다니는 소리가 났다. 생쥐 무리들이 점점 더 뚜렷하고 점점 더 조밀하게 이리저리 질주했다. 그리고 마침내 전투에 나가야 할 때가 되자, 프리츠가 평소에 병사들을 세워놓던 것과 같이 질서정연하게 줄을 맞추어 섰다. 그 모습은 마리에게 귀엽게 여겨지기까지 했다. 마리는 다른 많은 아이들처럼 쥐를 보더라도 본능적으로 싫어하지는 않았기 때문에, 모든 공포가 사라지려던 그 순간, 갑자기 무섭고도 강렬하게 휘파람 소리가 나기 시작해서 마리는 등골이 오싹해졌다! 아, 그리고 이제 마리가 알아본 것은 말이야! 아니, 솔직히 말해서, 사랑스러운 독자 프리츠야, 나는 네가 영리하고 용감한 야전 장군인 프리츠 슈탈바움 못지않게 근본이 아주 착하다는 걸 잘 알고 있단다.

하지만 이제 마리의 눈앞에 나타난 것을 네가 보게 된다면, 넌 정말로 도망치고 말 거야. 게다가 네가 재빨리 침대로 뛰어들어가 이불을 머리끝까지 더 뒤집어썼을 거라고 난 생각해. 아! 하지만 불쌍한 마리는 그것마저도 한 번도 할 수 없었어. 왜냐하면 잘 들어봐 애들아!

마치 땅속에서 엄청난 힘이 밀어낸 것 것처럼 마리의 발치 앞에서 모래와 석회가루 그리고 무너진 성벽 벽돌들이 빽빽하게 솟구쳐 오르고, 생쥐머리 일곱 개가 밝게 빛나는 일곱 개의 왕관을 쓰고서 정말 소름끼치게 찍찍거리고 휘파람소리를 내면서 바닥에서 솟아올랐어. 그러고 나서 일곱 개의 머리가 한데 그 쥐의 목에 붙어있던 생쥐의 몸통도 완전히 모습을 앞으로 들어 올렸고 일곱 개의 다이아몬드로 치장한 거대한 쥐에게 생쥐 무리 전체가 완전히 합창하면서 큰 소리로 세 번이나 찍찍거리며 환호했어. 그러고 나서 이제 이 무리는 갑자기 이랴,

이랴, 빨리, 빨리 움직이는 동작을 취하면서 걸어갔어. 아, 곧장 장식장 위로 그리고 아직까지 장식장의 유리문에 바싹 붙어 서 있는 마리한테로 갔어.

마리는 무섭고 두려워서 어찌나 심장이 뛰었는지 이제라도 곧 심장이 가슴 밖으로 튀어나와 죽을 게 틀림없다고 생각했어. 하지만 마리는 갑자기 마치 피가 정맥 속에서 멈춘 것 같은 느낌이 들었어. 마리는 반은 무의식중에 뒤로 휘청거렸단다.

그 때 와장창 쨍그랑 소리가 났어. 마리가 팔꿈치로 부딪힌 장식장의 유리창이 산산조각 나 떨어졌던 거야. 그 순간 마리는 왼쪽 팔에 찌르는 통증을 느꼈지만, 갑자기 그녀의 마음은 훨씬 더 가벼워졌단다.

마리는 더 이상 찍찍거리는 소리와 휘파람 소리를 듣지 않았어. 모든 게 아주 고요해졌거든. 그런데 굳이 눈길을 돌리고 싶지는 않았지만, 유리창이 쨍그랑하고 깨지는 소리에 쥐들이 소스라쳐서 다시 쥐구멍으로 물러갔다고 생각했단다. 그런데 이건 또 다시 도대체 무슨 소리란 말인가? 마리의 바로 뒤에 있는 장식장에서 이상하게 시끄러운 소리가 나기 시작했고 아주 미세한 소리가 이렇게 말하기 시작했어.

기상, 기상,
전장으로 가자

이 밤이 다 가기 전에

기상

전장으로 나가자.

그런데 바로 그때 화음이 잘 어우러진 종소리가 대단히 아름답고 우아하게 울려 퍼졌어!

"아, 이것은 내 조그만 차임벨 소리야!" 마리는 기뻐서 소리쳐 알리고, 재빨리 옆으로 뛰어 비켰어. 그 때 마리는 장식장 안에서 아주 진기하게 번쩍거리고 이리저리 계속해서 움직이고 일하는 광경을 보았어. 그것은 우왕좌왕하고 작은 팔을 이리저리 휘두르는 여러 개의 인형들이었단다. 그런데 갑자기 호두까기 인형이 벌떡 일어나더니, 이불을 던져버리고 두 발로 곧바로 침대를 박차고 나와 동시에 다음같이 큰 소리로 외쳤단다.

딱 – 딱 – 딱 –

어리석은 한 떼의 생쥐들아 –

어리석고 미친 잡소리 –

생쥐 떼들 –

딱 – 딱 –

생쥐 떼들 –

탁 – 쫙 –

진짜 실없는 소리야.

그리고 호두까기 인형은 옆에 차고 있던 작은 칼을 빼어들고 공중에 칼을 휘두르며 큰 소리로 외쳤어.

"그대들, 내 사랑하는 부하들, 친구들 그리고 형제들이여, 혹독한 전투에서 내게 협력하겠는가?"

그 즉시 슈카라무슈라는 허풍쟁이 병사 셋과 바람둥이 늙은 이인 판탈로네 하나, 굴뚝 청소부 넷, 치터 연주자 둘 그리고 북치기 병정 하나가 격렬하게 이렇게 외쳤어.

예, 대장님 -
우리는 확고한 충성심으로
대장님께 매달리고 있습니다.
죽음이든 승리하든 그리고 전투에 임하든
우리는 대장님과 함께 싸우겠습니다!

그러더니 위험한 도약을 시도하는 감격한 호두까기 인형을 따라 위 칸에서부터 아래 칸으로 뛰어내렸어. 그랬어! 그들은 수건과 비단을 풍부하게 넣어 만든 옷을 입었을 뿐만 아니라, 기본적으로 몸 안쪽에 솜과 짚도 넣고 있어서 잘 뛰어내렸어. 그래서 그의 부하들도 양털자루처럼 가뿐히 장식장의 선반 바닥으로 풀썩 떨어졌단다. 하지만 불쌍한 호두까기 인형은 틀림없이 팔과 다리가 부러졌을 것이야. 왜냐하면 너희들이 생각할 게 있는데, 그가 서있는 위 칸에서부터 가장 아래 칸까지는 거의 2피트가 되었고, 그의 몸은 마치 보리수 목재로 깎아 다듬은 것같이 다루기 어려웠기 때문이지.

정말로 호두까기 인형은 틀림없이 팔과 다리가 부러졌을 것이고, 클래르핸 아가씨가 호두까기 인형이 뛰어내린 바로 그 순간에 소파에서 재빨리 펄쩍 뛰어올랐을 거야.

"아, 사랑스럽고 착한 클래르핸!"하고 마리가 흐느껴 울었어.

"아가씨는 틀림없이 친구인 호두까기 인형에게 침대를 기꺼이 내주었는데, 나는 정말 심하게 아가씨를 오해했어요!"

클래르핸 아가씨는 비단옷을 입은 자기의 가슴에 이 젊은 영웅을 부드럽게 껴안으면서 이렇게 말했단다.

"오, 대장님! 제발 부탁하는데요, 병들고 상처 입은 현재의 상태로는 전쟁터와 위험한 곳에 가지 말아요. 대장님의 용감한 부하들이 얼마나 싸움을 좋아하고 승리를 확신하여 모였는지 보세요. 슈카라무슈라는 허풍쟁이 병사, 바람둥이 늙은이인 판탈로네, 굴뚝 청소부, 치터 연주자와 북치기 병정이 벌써 저 아래에 내려와 있고 내가 묵고 있는 칸에 있는 격언을 붙인 인형들은 눈에 띄게 움직이고 있어요! 오, 대장님! 제 팔에 안겨서 쉬시든지, 아니면 제 깃털모자 위에서 당신의 승리를 바라보십시오!"

클래르핸은 그렇게 말했지만, 호두까기 인형이 아주 난폭하게 두 다리로 너무나 버둥거려서, 클래르핸은 즉시 그를 바닥에 내려놓지 않을 수가 없었단다. 하지만 그 순간 호두까기 인형은 대단히 정중하게 한쪽 무릎을 꿇고서 이렇게 속삭였지.

"오, 아가씨! 저에게 표명해주신 은혜와 총애를 어떤 전투와 역경 속에서도 항상 기억하겠습니다!"

그러자 클래르핸은 호두까기 인형을 팔로 붙잡을 수 있을 정도로 몸을 아래로 깊숙이 구부려, 그를 부드럽게 일으켜 세웠고, 서둘러 여러 가지 장식품으로 꾸민 복대를 풀러 그것을 이 작은 남자에게 걸쳐주려고 했단다. 하지만 그 작은 남자는 두 걸음 뒤로 물러나 자기의 손을 가슴에 대고서 아주 격식을 차리며 이렇게 말했어.

"이러지 마십시오, 오, 숙녀님, 저에게 호의를 베푸는군요. 왜냐하면⋯⋯"

그는 말이 막혀 깊이 한숨을 쉬었단다. 그러고 나서 마리가 그에게 감아주었던 띠를 어깨에서 재빨리 풀더니 입술에 댔고, 그것을 야전용 혁대처럼 허리에 둘렀어. 그리고는 번쩍이는 작은 칼을 용감하게 휘두르면서, 참새처럼 신속하고 기민하게 장식장의 경사진 선반 위로 날아 바닥으로 뛰어내렸단다.

내가 가장 좋아하고 매우 탁월한 너희 경청자들은 아마도 다

음과 같은 사실을 알아챌 거야. 호두까기 인형은 실제로 살아 움직이기 전부터 벌써 마리가 그에게 보여준 모든 애정과 선행을 분명하게 느꼈다는 것과 그가 마리에게 애착을 가졌다는 이유 때문에, 단 한 번도 클래르핸 아가씨가 주는 복대가 대단히 반짝이고 매우 예뻐 보였는데도 그것을 받아서 두르려고 하지 않았다는 사실을 말이야.

충실하고 착한 호두까기 인형은 마리가 준 소박한 띠를 차고 있는 것을 더 좋아했어. 하지만 이제 다음에는 어떤 이야기가 일어나게 될까? 호두까기 인형은 뛰어내리자마자 찍찍 소리와 휘파람 부는 소리가 다시 시작되었단다. 아! 커다란 탁자 밑에는 정말로 흉물스럽고 헤아릴 수 없을 정도로 많은 생쥐 떼들이 모여 있는 데 머리가 일곱 달린 혐오스러운 생쥐 왕이 모든 생쥐들 중에서 가장 출중하단다! 앞으로 어떤 이야기가 일어나게 될까!

제5장
전투

"충실한 나의 부하 북치기 병정이여, 행진곡을 쳐라!"

호두까기 인형이 우렁차게 외치자 즉시 북치는 병정이 가장 기이한 방식으로 북을 둥둥 두드리기 시작해서 유리 장식장의 창문이 흔들리고 윙윙거렸다. 그러더니 장식장 안에서 쿵쿵거리고 덜커덩거리는 비상한 소리가 났다. 마리는 이 소리를 듣고서 마침내 프리츠의 군대가 숙영 중이던 전체 상자들의 뚜껑이 힘차게 열렸고 병사들이 몰려나와 맨 아래 칸으로 뛰어내렸으며, 그곳에서도 빽빽하게 무리지어 깔끔하게 집합했다는 걸 깨닫게 되었다.

호두까기 인형은 위아래로 뛰어다니며 부대원들에게 이러한 말을 하면서 감격시켰다.

"나팔수들의 개가 꼼짝도 하지 않잖아." 호두까기 인형이 몹시 화가 나서 소리 질렀단다. 하지만 그런 다음에 약간 창백해지고, 긴 턱을 격렬하게 흔들고 있는 바람둥이 노인인 판탈로네에게 몸을 돌려서 엄숙하게 말했다.

"장군, 나는 장군의 용기와 경험을 잘 알고 있소. 매순간 신속하게 통찰하고 이용하는 것은 여기서 매우 중요하오. 전체 기병대와 포병대에 대한 지휘권을 장군에게 맡기겠소. 장군은 말을 탈 필요는 없소. 장군은 아주 긴 다리를 가졌고 그 다리로 무난하게 질주할 수 있으니까 말이오. 이제 당신의 직무를 수행하시오."

그 즉시 판탈로네는 길고 여윈 작은 두 손가락을 입에 대고 매우 날카롭게 소리를 냈고, 그 결과로 생긴 소리는 마치 백 개의 장난감 나팔이 유쾌하게 선명한 음량을 불어대는 것처럼 소리가 울렸다. 바로 그때 장식장 안에서 엄청난 수의 말들이 히힝 거리는 소리와 발 구르는 소리가 들리기 시작했다. 그리고 이것 좀 봐, 흉갑을 두른 프리츠의 기병들과 용기병들, 하지만 무엇보다도 휘황찬란하게 빛나는 그의 새로운 경기병들이 출동하여, 곧 아래쪽 방바닥에 멈추었다.

이제 연대별로 펄럭이는 깃발을 들고 악기를 연주하면서 호두까기 인형 앞을 행진을 하며 지나갔고 방바닥 위를 가로질러 넓게 횡렬로 맞추어 섰다. 뒤이어 그들 맨 앞에 프리츠의 대포들이 포병들에게 에워싸인 채 쩔그렁 소리를 내면서 포진했다. 곧이어 쾅쾅 대포소리가 났다. 마리는 사탕알갱이 포탄이 빼곡하게 몰려든 생쥐 떼들 속에 처박혀 생쥐들이 완전히 하얀 사탕가루를 뒤집어쓰고 몹시 창피해하는것을 잘 보았다. 하지만 무엇보다 중무장한 포병대대가 생쥐들에게 많은 피해를 입혔다. 포병대대는 마리의 어머니가 쓰는 발 받침대 위로 포진하여 쾅쾅쾅 하고 연달아 생쥐 떼 속으로 생강 과자를 발사했고 생쥐들은 대포 공격을 받고 도처에 쓰러뜨렸다.

하지만 생쥐들은 점점 더 가까이 다가왔고 심지어 몇 대의 포를 전복시키기까지 했다. 하지만 그 때 콰르릉 쾅쾅하는 소리가 났다. 마리는 자욱한 연기와 뿌연 먼지 때문에 지금 무슨 일이 벌어지고 있는지 거의 볼 수가 없었다. 그렇더라도 이것만큼은 확실했다. 각각의 부대가 극도로 격분하여 싸우고 있고, 승리는 이편저편을 가리지 않고 요동치고 있었던 것이다.

생쥐들의 수는 점점 더 계속해서 증가했고, 그들은 아주 능숙하게 던질 줄 알아서 그들이 갖고 있던 작은 은색 알갱이들은 이미 장식장 안까지 때려 부술 정도였다. 클래르햄 아가씨와 트루챈 아가씨는 몹시 절망하여 이리저리 허둥지둥 뛰어다녔고, 작은 두 손을 상처가 날정도로 심하게 비볐다.

"내가 가장 한창인 청춘인데 죽어야할 운명이란 말인가! 인형들 중에서 가장 아름다운 내가!" 클래르햄 아가씨가 울부짖었다.

"사방이 벽으로 싸인 여기서 죽기위해서, 여태껏 내 목숨을 이렇게 잘 보존해왔단 말인가?" 트루챈 아가씨도 큰 소리를 질렀다.

그러고 나서 그들은 목을 끌어안고, 너무나도 크게 통곡해, 미친 듯이 전투 소음이 퍼지는데도 불구하고 그들의 울음소리가 들릴 수 있을 정도였다. 왜냐하면 내 친애하는 독자들과 청취자 여러분들은 지금 시작되고 있는 광경에 대해서 거의 상상하지 못하기 때문이다. 콰쾅 펑, 탕, 슝, 슝, 쿵, 쿠궁, 쿵, 쿠궁, 쿵하고 뒤죽박죽 소리가 났고 이러면서 생쥐의 왕과 생쥐들은 찍 소리를 내고 큰 소리를 질렀다. 그러고 나자 다시 호두까기 인형이 필요한 명령을 내리는 강력한 목소리가 들렸고, 포화 속에서 포위되어 있는 대대로 직접 성큼성큼 넘어가는 것이 보였다.

판탈로네는 몇 차례 기병대를 이끌고 공격하여 대단히 혁혁한 공을 세웠고 명성을 떨쳤지만, 프리츠의 경기병들은 생쥐 포병대에게 흉측하고, 악취가 풍기는 포탄을 맞았고, 그들의 빨간 조끼에 아주 치명적인 얼룩을 남겼다. 그렇기 때문에 경기병들은 곧바로 전진하려고 들지 않았다.

판탈로네는 경기병들에게 왼쪽으로 방향을 바꾸게 하였고 열정적으로 지휘하다가 자기도 마찬가지로 왼쪽으로 방향을 바꾸어갔고 그의 경기병들과 용기병들도 같은 방향으로 갔다. 다시 말해서, 그들 모두 왼쪽으로 방향을 바꾸어 집 쪽으로 가고만 것이다. 그렇게 해서 장식장의 발 받침대 위에 배치되었던 포병대는 위험에 빠졌다. 그리고 머지않아 몹시 흉측한 생쥐 떼들이 쳐들어와 너무 강하게 공격해서 발 받침대 전체가 포병들과 대포들과 더불어 엎어졌다.

호두까기 인형은 몹시 당황했다. 그는 오른쪽 진영에게 퇴각하라고 명령했다. 오, 전쟁 경험이 있는 내 말을 듣고 있는 프리츠야, 넌 이러한 행동을 하는 게 거의 전장에서 도망치는 것이나 별로 다를 바 없다는 것을 잘 알거다. 그리고 넌 나와 함께 지금 벌써 마리가 사랑하는 이 작은 호두까기 인형의 군대에 들이닥친 불행을 애통해하고 있는 것이지! 하지만 이 재앙에서 너의 눈을 돌려봐, 그리고 호두까기 인형 군대의 왼쪽 진영을 관찰해봐, 거기는 모든 상황이 아직 상당히 양호하고 야전 사령관과 군대에게 많은 희망을 걸 수가 있다.

격정적으로 전투를 하는 동안에 서랍장 아래에 있는 생쥐 기병무리들이 슬금슬금 밖으로 나왔다. 그리고 나서 분노에 찬 나머지 큰 소리로 소름끼치게 찍찍 소리를 내면서 호두까기 인형의 왼쪽 진영으로 돌진했다. 하지만 생쥐 기병대들은 거기서 예상치 못한 난관에 부딪혔다! 장식장의 가장자리를 통과하려면 이 곳 지형의 허락을 받아야만 하는 것처럼 어렵게 두 명의 중국 황제의 휘하에 있는 격언이 쓰여진 옷을 입은 군대가 천천히 전진하였고, 전투대형을 형성하였다.

　여러 명의 정원사들, 티롤 사람들, 퉁구스인들, 이발사들, 어릿광대들, 큐피드들, 사자들, 호랑이들, 긴꼬리원숭이들과 원숭이들로 구성된 씩씩하고, 아주 다채롭고 훌륭한 이 부대들은 마음이 평정하면서도 용감하고 끈기 있게 싸웠다. 만약에 저돌적인 적군 기병대 대위 하나가 앞뒤 가리지 않고 앞으로 돌격하여 중국 황제 한 명의 머리를 물어뜯지 않았더라면 그리고 이 황제가 쓰러지면서 두 명의 퉁구스인과 한 마리의 긴꼬리원숭이를 쳐 죽이지 않았더라면, 스파르타식의 용기를 갖추고 있는 이 정예대대는 적에게 승리했을 것이다. 그렇게 함으로써 하나의 빈틈이 생겼다. 이 틈을 통해서 적들이 침입하여 곧바로 격언을 걸친 인형대대 전체가 물어 뜯겼다.

　하지만 이러한 악행에도 적군은 별로 이득을 보지 못했다. 생쥐 기병 하나가 살의에 차서 용감한 적군들 중 한 병사의 몸통 한 가운데를 물어뜯는 순간에 그는 격언이 적힌 작은 쪽지에 목을 찔려 즉사하고 말았다. 하지만 한번 후퇴하기 시작한 호두까기 인형의 군대가 계속해서 후퇴하게 되었고 점점 더 많은 대원들을 잃게 되어서, 결국 불행한 호두까기 인형은 이제 아주 작은 무리를 이끌고 유리장식장 바로 앞에 머물고 있을 뿐인데, 이 사건이 호두까기 인형의 군대에 무슨 도움이 되었느냐고?

"예비군은 출격하라! 판탈로네, 스카라무슈, 북치는 병정, 모두들 어디 있는가?" 아직도 유리 장식장에서 새 부대를 끌어내어 배치하기를 바라는 호두까기 인형이 소리를 질렀다. 그러자 정말로 가시나무로 만든 갈색 피부색의 남자들과 여자들 몇 명이 황금빛 얼굴에 모자와 투구를 쓰고 장식장 밖으로 나왔다. 하지만 너무도 서툰 솜씨로 이리저리 칼을 휘둘렀지만 그들은 적군들 가운데 단 한 명도 치지 못했고 곧바로 자기들의 야전 사령관인 호두까기 인형의 모자만 머리에서 떨어뜨릴 뻔했다. 곧이어 적의 저격병들이 병사들의 다리도 물어뜯는 통에 그들이 고꾸라져 호두까기 인형의 전우들 중 몇 명을 쳐 죽이고 말았다. 이제 호두까기 인형은 적군에게 빽빽하게 둘러싸여, 극도의 두려움과 곤경에 빠졌다. 그는 장식장의 가장 자리 위로 뛰어오르려고 했으나, 두 다리가 너무나 짧았다. 클래르헨과 투르챈 아가씨는 실신하여 누워있었기 때문에, 그들은 호두까기 인형을 도울 수 없었다. 그때 경기병들과 용기병들이 그의 옆을 신속하게 지나쳐 장식장 안으로 뛰어들었다. 그러자 그는 극도로 절망에 빠져 이렇게 소리 질렀다.

"말 한 마리, 말 한 마리, 말 한 마리만 준다면 왕국이라도 내주겠다!"

바로 그 순간 적의 척후병 두 마리가 나무로 만든 그의 외투를 움켜잡았다. 그러자 생쥐 왕이 승리감에 차서 일곱 개의 목구멍에서 찍찍 소리를 내면서 다가왔다. 마리는 더 이상 마음의 평정을 찾을 수 없었다.

"오, 내 불쌍한 호두까기 인형, 내 불쌍한 호두까기 인형!"이라고 흐느끼며 목이 쉬도록 외쳤다. 그리고 자기가 무엇을 하는지 뚜렷하게 알지도 못한 채 자기의 왼쪽 신발을 벗은 다음 그것을 발 디딜 틈 없이 모여 있는 생쥐 떼 속에 있던 생쥐 왕에게 힘차게 던졌다. 그 순간 모든 생쥐들이 먼지처럼 흩날려 사방으로 흩어지는 것처럼 보였다. 하지만 마리는 왼쪽 팔에 전보다 훨씬 더 찌르는 통증을 느끼더니 기절하여 바닥에 쓰러지고 말았다.

제6장
질병

깊은 죽음과도 같은 잠에서 깨어났을 때, 마리는 자기의 침대에 누워있었다. 햇살은 밝게 빛났고 성에가 낀 창문을 통해 찬란하게 반짝거리면서 방안으로 빛을 반사했다. 마리의 옆에는 어떤 낯선 남자가 바싹 붙어 앉아 있었는데, 마리는 그 사람이 외과의사인 벤델슈테른 씨라는 것을 깨달았다. 그 의사가 조용히 이렇게 말했다. "이제 마리가 깨어났습니다!"

그러자 어머니가 가까이 다가와 걱정스럽게 살피는 눈빛으로 마리를 내려다보았다.

"아, 어머니", 어린 마리가 속삭였다.

"이제 흉측한 생쥐들이 모두 갔나요? 그리고 착한 호두까기 인형은 무사히 구조되었나요?"

"그런 어처구니없는 소리 하지도 말아라, 귀여운 마리야." 어머니는 이렇게 대답했다.

"생쥐들이 호두까기 인형하고 무슨 상관이 있니? 하지만 너이 나쁜 녀석아, 네가 우리 모두를 얼마나 불안하고 걱정하게 했는지 몰라. 이런 일은 아이들이 고집불통이고 부모의 말을 순종하지 않는데 원인이 있는 거란다. 넌 어제 밤늦게까지 네인형들 하고 놀았단다. 너는 졸음이 왔고, 평소에는 여기에 있지도 않은 생쥐 한 마리가 튀어나와 너를 소스라치게 했을지도 몰라.

어찌되었든 네가 팔로 장식장의 창유리 하나를 쳐서 너무 심하게 팔을 베어서 벤델슈테른 씨가 상처에 꽂혀있는 유리조각들을 꺼내주셨단다. 그 유리가 혈관을 파고들었다면, 넌 아마 팔을 구부릴 수 없거나, 아니면 심지어 피를 많이 흘려 죽게 될수도 있을 거라고 그분이 말씀하셨단다.

내가 자정쯤 되어서 잠이 깨어 네가 그렇게 늦게까지 없음을 깨닫고, 일어나서 거실로 간 게 얼마나 다행인지 말이야. 거기서 네가 유리장식장 바로 옆에 바싹 붙어서 기절한 채 바닥에 누워있었고 피를 몹시 흘리고 있었단다. 난 소스라치게 놀라서 금방이라도 기절할 뻔했어. 너는 저기 누워있었고, 네 주위에 프리츠의 납으로 만든 많은 인형들과 다른 인형들, 부서진 격언인형들, 남자 모양의 생강과자들이 흐트러져 있는 걸 보았단다. 하지만 호두까기 인형은 피를 흘리고 있는 네 팔 위에 누워 있었고 네게서 멀지 않은 곳에 네 왼쪽 신발이 놓여 있었단다."

"아, 엄마, 엄마." 마리가 끼어들었어. "그거 봐요!, 그게 바로 인형들과 생쥐들 사이에 벌어진 큰 전투의 흔적들이었어요. 그리고 저는 생쥐들이 인형들을 지휘하던 불쌍한 호두까기 인형을 체포하려고 하는 걸 보고 놀랐을 뿐이에요. 그래서 제가 생쥐들에게 제 신발을 던졌는데, 그러고 나서 계속해서 무슨 일이 일어났는지는 몰라요."

외과의사 벤델슈테른 씨가 어머니에게 눈짓을 했다. 그랬더니 어머니는 아주 부드럽게 마리에게 이렇게 말했다. "자 이 정도에서 그만 둬, 내 사랑스런 애야! 이제 안심해, 생쥐들은 모두 사라졌고 작은 호두까기 인형도 건강하고 명랑하게 유리장식장 안에 있단다."

이제 공중보건의사인 아버지가 방으로 들어와 외과의사인 벤델슈테른 씨하고 오랫동안 이야기를 나누었다. 그리고 나서 그는 마리의 맥을 짚었다. 마리는 그 이야기가 패혈증 열에 대한 것이라고 분명히 들었다. 마리는 팔에서 느껴지는 약간의 통증 이외에는 별로 아프거나 불쾌한 느낌이 없는데도 불구하고, 침대에 누워있어야만 했고 약을 복용해야만 했다. 이 일은 며칠이나 지속되었다.

마리는 호두까기 인형이 전투에서 건강한 상태로 구출되었다는 것을 알았다. 마리는 그가 비록 몹시 애처로운 목소리였지만, '마리, 가장 소중한 숙녀님, 저는 당신에게 신세를 많이 지고 있습니다. 하지만 당신은 저를 위해서 더 많이 행하실 수 있습니다!' 라고 확실하게 말했던 것을 마치 꿈속에서 들은 것 같다고 가끔 생각했다. 마리는 그것이 무엇일까 하고 깊이 생각했지만, 전혀 아무 생각도 떠오르지 않았다.

마리는 상처 난 팔 때문에 제대로 놀 수가 없었다. 독서를 하거나 그림책을 보려고 했지만, 기이하게도 눈앞에서 무엇인가 어른거리는 것이었다. 그래서 마리는 책 읽는 것도 그만둘 수밖에 없었다. 마리는 정말 지루해진 게 틀림없었다. 그래서 마리는 초저녁까지 기다릴 수가 없었다.

어머니는 마리의 침대 곁에 앉아 아주 많은 아름다운 이야기를 읽어주기도 하고 들려주기도 했다. 어머니가 파르카딘 왕자에 관한 탁월한 이야기를 막 끝냈을 때 마침 문이 열리더니, 드로셀마이어 대부가 이렇게 말하면서 들어왔다.

"지금 나는 아프고 상처난 마리의 상태가 실제로 어떤지 직접 보지 않으면 안 되겠어요."

마리는 작고 노란 상의를 입은 드로셀마이어 대부를 보자마자, 호두까기 인형이 생쥐들에게 대항한 전투에서 패하던, 그날 밤의 장면이 아주 생생하게 눈앞에 펼쳐지듯 떠올랐다. 그래서 마리는 고등법원 판사인 드로셀마이어를 향하여 크게 외쳤다.

"오, 드로셀마이어 대부님, 대부님은 정말 불쾌했었어요. 저는 대부님이 시계 위에 앉아서 시계가 큰 종소리로 울리지 않도록 대부님의 날개처럼 긴 옷으로 시계를 덮고 있던 걸 분명 봤어요. 그렇게 하지 않으면 생쥐들이 겁먹고 달아났을 테니까요. 저는 대부님이 생쥐의 왕을 큰소리로 부르는 것도 잘 들었어요! 왜 대부님은 호두까기 인형을 도와주러 오지 않으셨어요? 왜 저를 도와주러 오지 않으셨어요? 나쁜 대부님, 제가 상처를 입고 침대에 앓아 누워있어야만 하는 게 대부님 책임이 아닌가요?"

마리의 어머니가 몹시 놀라서 이렇게 물었다. "사랑스런 마리야, 도대체 왜 이러는 거니?"

하지만 드로셀마이어 대부는 아주 기이한 표정을 짓더니, 중얼거리는 듯 단조로운 목소리로 이렇게 말했다.

추는 덜거덩 소리를 내야만 해.
덜거덕 덜거덕 소리를 내야만.
똑딱똑딱 거리면 안 돼.
시계들, 시계들, 시계추들은
덜거덩 소리를 내야만 해.
낮은 소리로 덜거덩 소리를 내야해.
종은 큰 소리로 땡그랑 땡그랑 울려야 해.

윙윙 웅웅, 웅웅 윙윙

인형 소녀들아

겁먹지 마!

종이 울리면,

생쥐의 왕을 쫓아내려고

종이 울리면,

올빼미가 서둘러 날갯짓하고 날아온단다.

펄럭펄럭, 팔락팔락

작은 종은 땡 땡

시계들은 덜거덕 덜거덕

시계추는 덜거덕 소리를 내야만 해.

똑딱거리지 말아야 해.

달그닥 덜거덕, 윙윙 윙윙!

마리는 드로셀마이어 대부를 큰 눈으로 응시했다. 대부가 완전히 다르게 보였고, 평소보다 훨씬 더 못생겨 보였고, 마치 꼭두각시 인형과 똑같이 끌려다니 듯 대부가 오른 팔을 이리저리 흔들었기 때문이다. 어머니가 마침 그 자리에 계시지 않았더라면, 그리고 그사이에 살그머니 들어온 프리츠가 마침내 폭소를 터뜨리며 대부의 말을 가로막지 않았더라면, 마리는 대부를 몹시 두려워했을지도 모른다.

"아이, 또 시작이시네요, 드로셀마이어 대부님!" 프리츠가 외쳤다. "대부님은 오늘도 아주 익살맞으세요. 대부님은 제가 오래전에 벽난로 뒤에 던져버린 춤추는 제 꼭두각시인형하고 정말 똑같이 행동하시네요."

어머니는 그 말에 매우 심각한 표정으로 말했다.

"친애하는 고등법원 판사님, 그거 정말 참 기이한 농담이군요. 그게 도대체 무슨 뜻인가요?"

"아이고, 맙소사!" 드로셀마이어 대부가 웃으면서 대답했다. "저의 멋진 시계 제조공의 노래를 더 이상 알지 못한단 말씀입니까? 이것은 마리처럼 아픈 환자들에게 제가 늘 습관적으로 불러주는 노래입니다."

그렇게 말하면서 그는 얼른 마리의 침대 앞으로 바싹 다가와 앉았다. "내가 생쥐의 왕의 눈알 열 네 개를 모두 곧장 후벼내지 않았다고 해서 그렇게 화내지 마라. 하지만 계획대로 그렇게 될 수가 없었어. 대신에 내가 널 정말 기쁘게 해줄 작정이란다."

고등법원 판사는 이 말을 하면서 주머니에 손을 집어넣었다. 그리고 이제 그가 부드럽게, 아주 부드럽게 꺼낸 것은 바로 호두까기 인형이었다. 대부님이 빠져버렸던 이빨들을 아주 능숙한 솜씨로 제자리에 튼튼하게 끼워 넣었고, 고장 난 아래턱을 제자리에 이어 맞추어놓은 것이었단다.

마리는 기뻐서 크게 환호성을 질렀다. 하지만 어머니는 미소 지으며 이렇게 말했다. "드로셀마이어 대부님이 네 호두까기 인형에게 얼마나 호의를 가지고 계시는지, 좋아하시는지 이제 알겠지? 너도 인정하지 않으면 안 돼, 마리."

고등법원 판사가 공중보건의사 부인의 말을 가로막았다.

"호두까기 인형이 가장 좋은 인물로 잘 자라난 게 아니고, 그의 얼굴이 잘 생겼다고 말할 수 없다는 걸 네가 인정해야만 해. 어째서 호두까기 인형의 가문에 이렇게 흉측한 인물이 생겨나서 유전되었는지, 네가 그것을 경청하고 싶다면, 너한테 설명해 주고 싶구나. 아니면 너 혹시 피를리파트 공주와 마우제링크스 마녀 그리고 솜씨 좋은 시계 제조공에 관한 이야기를 알고 있니?"

"그런데 말이에요." 이 부분에서 프리츠가 갑자기 말을 가로막았다.

"그런데, 드로셀마이어 대부님, 대부님이 호두까기 인형에게 이빨도 꼭 맞게 끼워주셨고, 턱뼈도 더 이상 흔들리지 않아요. 하지만 왜 호두까기 인형에게 칼이 없지요? 왜 대부님은 호두까기 인형에게 칼을 걸어주지 않으셨나요?"

"아이고," 고등법원 판사는 아주 언짢아하며 대답했다.

"애야! 너는 만사에 트집을 잡고 투덜대야만 하는 게로구나. 호두까기 인형의 칼이 나하고 무슨 상관이니. 내가 그의 몸을 낮게 했으니, 이제 그가 원하는 대로 필시 스스로 칼을 찾아내야 할 거야."

"맞아요." 프리츠가 크게 외쳤어. "꽤 대단한 녀석이라면, 분명 무기를 찾아낼 방법을 알 거예요."

"자, 그럼 마리야," 고등법원 판사는 하던 말을 계속 이어갔다. "네가 피를리파트 공주에 관한 이야기를 알고 있는지 내게 말해주겠니?"

"아, 아니오. 모르겠어요." 마리가 대답했어. "얘기해주세요, 친애하는 드로셀마이어 대부님, 이야기해주세요!"

"바라건대, 대부님." 공중보건의사의 부인이 말했다. "고등법원 판사님, 이 이야기가 판사님께서 보통 얘기하시는 것만큼 무시무시하지 않기를 바랍니다."

"결코 그렇지 않습니다. 존경하는 공중보건의사 부인." 드로셀마이어가 대답했다. "그렇기는 커녕 이 이야기는 재미도 있답니다. 이야기를 들려드리는 건 제게 명예로운 일이 될 것입니다."

"얘기해주세요, 오, 얘기해주세요, 친애하는 대부님." 그 아이들이 외쳐댔다. 그래서 고등법원 판사는 이야기를 들려주기 시작했다.

제7장
단단한 호두에 관한 동화

"피를리파트의 어머니는 왕의 아내, 따라서 왕비였고 피를리파트 자신은 태어난 순간부터 타고난 공주였단다. 왕은 요람에 누워있는 예쁜 딸을 보고 기뻐서 어쩔 줄 몰랐지. 왕은 큰 소리로 환호성을 질렀고, 춤추듯 이리저리 뛰었고 한쪽 발로 서서 빠르게 돌기도 하며 몇 번이나 이렇게 외쳤단다.

'와우! 나의 피를리파트보다 더 예쁜 아기를 본 적이 있는가?'

이에 모든 대신들과 장군들, 관료들 그리고 장교들이 군주가 했던 그대로 한 발로 서서 뛰면서 이리저리 돌아다녔고 아주 크게 외쳤지.

'아닙니다. 결코 없습니다!'

하지만 세상이 존재해 온 역사에서 피를리파트 공주보다 더 예쁜 아이가 태어난 적이 없다는 그 말은 결코 부정할 수 없는 사실이었어. 공주의 작은 얼굴은 야들야들한 백합같이 희고 장미같이 붉은 비단결 양털로 짜인 것 같았거든. 게다가 조그만 두 눈은 생기 있게 반짝반짝 빛나는 하늘색 구슬 같았단다. 그리고 곱슬머리는 순수하게 빛나는 금실로 땋은 듯 곱슬곱슬한 것이 예쁘게 잘 어울렸단다.

더군다나 아기 피를리파트 공주는 두 줄의 작은 진주 이빨을 가지고 태어났단다. 공주가 태어난 지 두 시간 만에 왕국의 재상이 아기 공주의 이목구비를 좀 더 가까이서 살펴보려고 했을 때, 공주는 이빨로 재상의 손가락을 깨물었어. 그래서 재상은 '으악!'하고 크게 비명을 질렀단다. 다른 사람들은 그 재상이 '아야!'하고 소리 질렀다고 주장했지만, 오늘날까지도 그 소리에 대해서는 의견이 아주 분분하단다.

어쨌든 피를리파트 공주는 사실 왕국 재상의 손가락을 깨물었어. 이 사실에 매료된 온 나라가 천사처럼 아름다운 피를리파트의 작은 몸속에 기백과 감수성 그리고 분별력도 깃들어 있다는 것을 이제 알게 되었단다. 이미 말했듯이 모든 것이 만족스러웠는데, 왕비만은 몹시 두려워했고 불안해했단다. 왜 그런지는 아무도 몰랐어. 특히 눈에 띈 것은 왕비가 피를리파트의 요람을 몹시 주의를 기울여 감시하도록 시킨 것이었단다.

친위병들이 출입구들을 지키고 있는 것 이외에, 요람 바로 옆에 배치되어 있는 두 명의 간호담당 시녀들, 게다가 또 여섯 명의 다른 시녀들이 매일 밤 방에 빙 둘러앉아 있어야만 했단다. 하지만 완전히 정신 나간 것처럼 보였고, 아무도 이해할 수 없었던 것은 이 여섯 명의 시녀들이 각자 무릎에 수고양이를 한 마리씩 앉히고, 그 고양이가 끊임없이 목을 가르랑거리도록 밤새 고양이를 쓰다듬어주어야만 했던 것이란다. 귀여운 아이들아, 너희들은 왜 피를리파트의 어머니가 이런 모든 기이한 의식을 행했는지 아무리 알아내려고 해도 그건 불가능하단다. 하지만 난 그것을 알고 있단다. 그리고 그것을 이제 금방 너희들에게 이야기할거야.

옛날에 피를리파트 공주의 아버지가 거주하는 궁정에 여러 명의 훌륭한 왕들과 아주 잘생긴 왕자들이 모인 적이 있었단다. 그런 까닭에 이 모임은 아주 훌륭하게 진행되고 있었어. 여러 가지 마상시합, 익살극 그리고 궁중무도회가 펼쳐졌었지. 왕은 자기에게 금과 은이 전혀 부족하지 않다는 걸 제대로 보여주기 위해서, 왕실 보물을 꺼내어 이제 정말 풍성한 여흥을 한번 펼치려고 했단다. 특히 궁중요리장에게서, 궁정 천문학자가 도축시간을 통고했다는 걸 남몰래 들었기 때문에, 왕은 대규모 소시지 잔치를 베풀라고 명령했단다. 그리고는 마차를 타고 다니면서, 스프 한 숟갈이나 같이 먹자고 직접 모든 왕들과 왕자들을 초대했단다.

　이는 어디까지나 모두가 맛있는 음식을 보고서 깜짝 놀라는 것을 즐기기 위해서 행사 규모를 극도로 축소시켰던 거란다. 이제 왕은 아주 친절하게 왕비에게 말했단다. '내가 소시지를 얼마나 좋아하는지, 당신은 아주 잘 알고 있소!' 왕비는 왕이 그렇게 말함으로써 무엇을 하려고 하는지 잘 알고 있었단다. 그 말은 다름 아니라, 왕비가 평소에도 이미 그랬듯이, 소시지를 만드는 아주 긴요한 일을 몸소 맡아야 한다는 의미였단다.

　궁정 재무담당관은 즉시 소시지를 삶을 대형 황금솥단지와 순은으로 된 찜 냄비들을 부엌에 전달해야 했지. 부엌에서는 자단목 장작을 연료로 큰 불을 지폈단다. 왕비는 다마스트산 앞치마를 두르고, 곧 솥단지에서는 소시지 수프의 달콤한 향기가 뿜어져 나왔어. 고상한 향기는 급기야 추밀원까지 스며들었단다. 왕은 황홀감에 사로잡혀서 참을 수가 없었어. '실례하오, 여러분!' 이렇게 크게 말하고서, 서둘러 부엌으로 달려가 왕비를 껴안아주고서, 황금 왕홀로 솥단지를 조금 휘저었단다. 그러고 나서 마음이 진정되어 추밀원으로 돌아갔단다.

　이제 막 베이컨 살을 네모나게 썰어서 은제 철판 위에다 구워야 하는 중요한 시점에 다다랐단다. 시녀들은 뒤로 물러났어. 왜냐하면 왕비가 왕실 배우자에 대한 성실한 충성과 경외심에서 이 일을 혼자 감행하길 원했기 때문이었거든. 하지만 베이컨이 구워지기 시작하자마자 아주 세밀하게 속삭이는 작은 목소리를 들을 수 있었단다.

'동생, 내게도 소시지 구운 거 좀 줘! 나도 맛있게 먹어보고 싶거든. 나도 정말 여왕인데, 소시지 구운 거 좀 줘!'

왕비는 그 말을 한 사람이 마우제링크스 부인이라는 걸 잘 알고 있었단다. 마우제링크스 부인은 벌써 여러 해 전부터 왕의 궁전에 살고 있었지. 마우제링크스 부인은 자기가 왕실 가족과 친척이고, 자기도 마이졸리엔 제국의 여왕이라고 주장했단다. 그렇기 때문에 자기가 부뚜막 아래에 꽤 큰 궁정도 다스리고 있다는 거였지. 왕비는 착하고 자비로운 여인이었단다. 그래서 왕비도 평소에는 마우제링크스 부인을 여왕으로 그리고 자기의 자매로 인정하고 싶지 않았지만, 그래도 잔칫날이라 진심으로 부인에게 진수성찬을 베풀었어. 그리고는 이렇게 외쳤단다.

'어서 나오기나 하세요, 마우제링크스 부인, 내가 구운 베이컨 맛을 보셔도 괜찮아요.'

그러자 마우제링크스 부인이 재빨리 뛰쳐나와, 부뚜막 위로 뛰어올라갔단다. 그리고는 여왕이 내어주는 베이컨 덩어리들을 귀여운 작은 앞발로 한 개씩 한 개씩 잡아챘어. 하지만 그때 마우제링크스 부인의 남녀 친척들이 모두 뛰쳐나왔단다. 게다가 부인의 일곱 아들들, 그러니까 정말 버릇없는 악동들까지

뛰쳐나와 베이컨 위로 와락 덤벼들었어.

소스라치게 놀란 왕비는 이 악동들을 막을 수가 없었어. 다행히 그때 마침 궁정의 여자 의전담당관이 와서, 귀찮게 구는 손님들을 쫓아냈기 때문에 베이컨이 조금 남아있게 되었지. 남은 베이컨은 불려온 궁정 수학자가 할당한대로 아주 정교하게 모든 소시지 위에 골고루 나누어 담았단다.

작은 북소리와 나팔소리가 울려 퍼지자, 왕국을 방문한 모든 통치자들과 왕자들이 휘황찬란한 예복을 입은 채 일부는 백마를, 일부는 수정으로 만든 마차를 타고서 소시지 파티장으로 행진을 했어. 왕은 진심어린 친절과 호의로 그들을 맞이하고서, 왕관과 왕홀을 갖춘 군주로서 식탁의 제일 윗자리에 앉았단다. 그런데 소시지 코너에서 사람들은 왕의 안색이 점점 더 창백해지고, 왕이 하늘을 향해 두 눈을 치켜뜨고 있는 걸 보았어.

왕의 가슴에서는 가냘픈 한숨이 새어나왔단다. 격심한 고통이 왕의 심장을 후벼 파는 것 같았어! 하지만 피를 넣어 만든 소시지 코너에 이르자 왕은 흐느끼고 신음하면서 등받이 의자에 간신히 뒤로 주저앉고 말았단다. 왕은 양손으로 얼굴을 움켜잡고 울부짖으면서 신음을 했어. 연회에 참석한 모든 손님들이 식탁에서 벌떡 일어났고, 주치의는 불행한 왕의 맥을 짚어 보았지만 헛일이었단다. 아주 깊고 이루 말할 수 없는 고통이 왕을 갈기갈기 찢는 것처럼 보였거든. 오랜 시간이 흐른 후 마침내, 여러 차례 설득하고, 불에 태운 깃털 펜대들과 또 그와 비슷한 것들 같은 강력한 수단을 사용하고 나자 왕은 의식을 좀 되찾은 것처럼 보였단다. 왕은 어렴풋이 들리는 말을 이렇게 더듬거렸어.

'베이컨이 너무 적어.'

그러자 왕비가 암담하게 왕의 발치에 쓰러져 흐느끼며 이렇게 말했단다.

"오, 불쌍하고 불행한 왕이신 내 남편이시여! 오, 이런 아픔을 당신이 견뎌내야만 하다니 오! 하지만 당신의 발치에 있는 여기 이 죄인을 보시고 벌을 내려주옵소서, 죄인을 엄격히 벌하여 주옵소서. 아, 마우제링크스 부인의 일곱 아들들과 일가친척들이 베이컨을 먹어 치웠습니다. 그리고……"

이렇게 말하면서 왕비는 기절하여 뒤로 넘어졌단다. 하지만 그때 왕은 노기를 가득 품고 벌떡 일어나 버럭 소리를 질렀어.

"의전담당관, 어찌 이런 일이 일어났느냐?"

여자 의전 담당관이 자기가 알고 있는 만큼 이야기하자 왕은 자기의 소시지에서 베이컨을 먹어치운 마우제링크스 부인과 그의 가족에게 복수하기로 결심했단다. 그래서 추밀원 비밀회의가 소집되었고, 마우제링크스 부인에게 소송을 걸어서 부인의 전 재산을 몰수하기로 결정했단다.

하지만 그때 왕은 마우제링크스 부인이 그 사이에도 여전히 베이컨을 먹어치울 수 있다고 걱정했지. 그래서 모든 것을 궁정 시계 제작공과 왕실 도자기 비법 전수자들에게 떠맡겼단다. 나와 똑같은 이름을 가진, 즉 크리스티안 엘리아스 드로셀마이어라는 이 남자는 완전히 독특한 정략적 작전을 써서 마우제링크스 부인을 가족과 함께 영원히 왕궁에서 추방하겠다고 약속했지 뭐니.

그 사람은 실제로 작고, 아주 정교하게 만든 기계들을 발명했단다. 드로셀마이어는 이 기계 안에 한 가닥의 가는 실에 잘 구운 베이컨을 매달아놓고, 베이컨 먹보인 부인의 집 둘레에 세워두었어. 마우제링크스 부인은 드로셀마이어의 책략을 뻔히 들여다볼 정도로 대단히 현명했거든.

하지만 마우제링크스 부인의 모든 경고와 충고는 허사가 되었단다. 잘 구운 베이컨의 구수한 냄새에 유혹되어, 마우제링크스 부인의 일곱 아들 전부와 수많은 일가친척들이 드로셀마이어의 기계 안으로 들어가 버린 거란다. 그리고 그들이 베이컨을 훔쳐 먹으려던 순간에 갑자기 앞에 떨어진 창살에 갇혀버렸지. 그런 다음 모두들 부엌에서 치욕적으로 처형당했단다. 마우제링크스 부인은 몇 남지 않은 작은 무리를 데리고 그 공포의 현장을 떠났어. 깊은 슬픔, 절망감, 복수심이 그녀의 가슴에 가득 찼단다.

온 궁정이 이러한 상황에 대단히 환호했지만, 왕비는 걱정이 되었단다. 왜냐하면 왕비가 마우제링크스 부인의 기질을 잘 알고 있었고, 부인이 자기 아들들과 친척들의 죽음을 보복하지 않고서 봐줄 리가 없다는 것을 잘 알고 있기 때문이었단다. 하지만 며칠 지나지 않아 왕비가 남편인 왕을 위해서 평소에 아주 즐겨먹던 허파 무스를 만들려고 준비하던 바로 그때 실제로 마우제링크스 부인이 나타나 이렇게 말했단다.

"내 아들들, 내 일가친척들이 맞아 죽었어. 조심하시오, 왕비. 생쥐 여왕이 어린 공주를 물어뜯어 두 동강 내지 않도록 조심하시오."

그 말을 끝으로 부인은 사라졌는데, 더 이상은 볼 수가 없었단다. 하지만 여왕은 너무 소스라치게 놀라서 허파 무스를 불에 떨어뜨리고 말았어. 그리고 왕이 가장 좋아하는 음식이 두 번이나 마우제링크스 부인 때문에 못쓰게 되자, 왕은 몹시 격분했단다. 자, 이제 이 정도면 오늘 저녁 이야기로 충분해, 나머지는 나중에 해줄게."

이야기에 완전히 자신의 마음을 사로잡힌 마리도 더 열렬하게 드로셀마이어 대부에게 이야기를 계속해달라고 애원했다. 대부는 부탁을 들어주지 않았지만, 벌떡 일어나 이렇게 말했다. "한꺼번에 너무 많이 듣는 건 건강에 좋지 않아. 나머지는 내일 들어야 해."

고등법원 판사가 문을 나서려고 했을 때, 프리츠가 이렇게 질문했다. "그래도 말씀해주세요, 드로셀마이어 대부님. 대부님이 쥐덫을 발명한 게 정말인가요?"

"어떻게 그렇게 어리석게 물어볼 수 있니?" 어머니가 소리쳤다.

하지만 고등법원 판사는 아주 특이한 미소를 지었고, 나지막하게 이렇게 말했다.

"내가 분명 숙련된 시계 제작자가 아니냐? 그런데 겨우 쥐덫 따위를 발명할 수 없겠니?"

제8장
단단한 호두에 관한 동화의 속편

"애들아, 이제 너희들은 잘 알 거야."

다음 날 저녁, 고등법원 판사 드로셀마이어는 하던 이야기를 계속했다.

"애들아, 이제 알겠지. 왕비가 아주 아름다운 피를리파트 공주를 왜 그렇게 주도면밀하게 감시하도록 했는지 말이다. 왕비는 마우제링크스 부인이 협박을 실행하러 와서 어린 공주를 물어 죽일까봐 틀림없이 염려하지 않았겠니? 드로셀마이어의 기계들은 영리하고 앙큼한 마우제링크스 부인에게 대적하기에는 아무 소용이 없었단다.

그런데 비밀 역술인이자 점성술사인 궁정 천문학자만은 '가르랑' 수고양이 가문이 마우제링크스 부인을 요람 가까이 오지 못하게 할 수 있다고 확신했단다. 그런 까닭에 간호시녀들은 누구나 평소에 궁정에서 외무 참사관으로 채용한 저 고양이 가문의 아들들 중 하나를 무릎에 앉히고 신중하게 쓰다듬어줌으로써 고양이에게 번거로운 공무를 덜어주려고 애써야만 했단다.

요람 앞에 바짝 붙어 앉아 있던 상임비밀간호시녀 둘 가운데 한 명이 깊은 잠에서 깨어난 것처럼 깜짝 놀라서 눈을 떴을 때는 이미 자정 무렵이었단다. 방 주위의 모든 것은 잠에 사로잡혀 있었어. 가르랑 소리도 없었단다. 나무 갉아먹는 벌레의 갉아먹는 소리만 들리는 쥐죽은 듯한 깊은 정적만이 감돌았을 뿐이었지! 하지만 바로 자기 앞에 앞발을 벌떡 들고 일어서서, 혐오스러운 뾰족한 주둥이를 공주의 얼굴에 비벼대고 있던 커다랗고, 아주 못생긴 생쥐를 보았을 때 받은 비밀 수석간호시녀의 충격이 어땠을지 상상해봐라.

깜짝 놀라 비명을 지르면서 수석간호시녀가 벌떡 일어났고, 다른 모든 사람들이 즉시 잠에서 깨어났단다. 하지만 바로 그 순간 마우제링크스 부인이 방구석으로 황급히 돌진했어. (피를리파트 공주의 요람 앞에 있던 큰 쥐는 다름 아닌 바로 마우제링크스 부인이었거든.) 외무 참사관들이 그 부인을 뒤쫓아 돌진했지만, 때는 너무 늦었단다. 방바닥에 난 틈새를 통해서 마우제링크스 부인이 사라졌거든. 오히려 대소동으로 피를리파트 공주가 깨어나 아주 애처롭게 울기 시작했단다.

"아유 고맙기도 해라." 간호시녀들이 외쳤어. "공주님이 살아 있어요!"

하지만 시녀들이 피를리파트 공주를 언뜻 보고, 예쁘고 연약한 아기가 어떻게 되었는지 알아챘을 때, 시녀들이 받은 충격은 엄청 컸단다. 황금빛 머리칼을 한 하얗고 빨간 아기 천사의 머리 대신에 기형적이고 큼직한 머리가 꼽추가 된 아주 작은 몸통 위에 놓여 있었단다. 게다가 아주 맑은 파란 두 눈동자는 툭 튀어나온 굳은 시선의 초록색 눈으로 바뀌었고, 공주의 입은 한쪽 귀에서부터 다른 쪽 귀까지 흉측하게 쫙 벌어져 있었단다. 왕비는 탄식과 비탄에 빠져 기꺼이 죽고자 했단다. 그래서 왕의 서재는 푹신푹신한 양탄자를 붙여놓아야만 했단다. 왕이 벽에 머리를 몇 번이나 박고서, 비탄에 잠긴 목소리로 외쳤기 때문이었지.

"오, 짐은 불행한 군주로다!"

왕은 이제 베이컨이 없는 소시지를 먹고, 부뚜막 아래서 일가친척들과 함께 살고 있는 마우제링크스 부인을 가만히 내버려두는 게 더 나을 뻔했다고 깨달을 수도 있었단다. 하지만 피를리파트 공주의 아버지인 왕은 그 생각을 하지 않았어. 오히려 이 왕은 그저 모든 책임을 뉘른베르크 출신의 궁정 시계 제작자이자 왕실 도자기 비법 전수자인 크리스티안 엘리아스 드로셸마이어에게 돌렸단다. 그랬기 때문에 왕은 이렇게 영리한 명령을 내렸지. 드로셸마이어가 4주 안에 피를리파트 공주를 이전의 상태로 회복시켜놓던가, 아니면 적어도 어떻게 해야 이 일을 실행할 수 있지 한 가지 확실하고 틀림없는 방법을 제시하고, 그렇지 않을 경우 드로셸마이어가 사형집행인의 도끼에 치욕스런 죽음을 당하게 된다는 거였단다.

드로셸마이어는 적지않게 놀랐어. 그렇지만 그는 곧 자기의 솜씨와 운을 믿고서, 즉각 첫 번째 수술을 착수했는데, 이 첫 번째 수술이 그에게는 유용한 것처럼 여겨졌단다. 드로셸마이어

는 피를리파트 공주를 아주 능숙하게 분해했어. 공주의 작은 손과 발을 떼어내고는 즉시 내부 구조를 살펴봤단다. 하지만 유감스럽게도 그가 알아낸 것은 공주가 자라면 자랄수록, 점점 더 기형이 될 거라는 사실이었단다. 그는 무슨 말을 할지, 이 문제를 어떻게 해야 할지 전혀 알지 못했어. 드로셀마이어는 조심스럽게 공주를 다시 조립했고, 우울증에 빠져 공주의 요람에 주저앉아 있었는데, 그가 요람 주위를 벗어나는 것은 엄격하게 금지되었지.

벌써 네 번째 주가 시작되었어. 왕이 분노로 불타는 눈으로 들여다봤을 때는 벌써 수요일이었단다. 왕은 왕홀을 흔들어 협박하면서 이렇게 소리쳤어.

"크리스티안 엘리아스 드로셀마이어, 공주를 고쳐라, 그렇지 않으면 넌 반드시 죽어야만 할 것이다!"

드로셀마이어는 울부짖기 시작했지만, 어린 피를리파트 공주는 명랑하게 호두를 연달아 딱딱 깨드렸단다. 그때 처음으로 피를리파트 공주가 호두에 대한 왕성한 식욕이 있고, 이빨이 가득 찬 상태로 세상에 태어났다는 게 왕실 도자기 비법 전수자의 눈에 띄었던 거야.

실제로 공주가 변신한 직후에, 누군가 공주에게 우연히 호두 한 개를 주었는데, 공주는 그 호두를 깨물어 깨뜨려 알갱이를 먹고 나서 마음이 진정될 때까지 울음을 멈추지 않았단다. 그래서 그때부터 간호시녀들은 공주에게 호두를 가져다주는 것이야말로 상책이라는 걸 알게 되었단다.

"오, 자연의 성스러운 본능이여, 모든 존재의 영원히 불가해한 상호 교감이여"라고 요한 엘리아스 드로셀마이어가 외쳤단다. "네가 나에게 비밀의 문을 보여주니, 나는 두드릴 것이요, 문은 열릴 것이다!"

드로셀마이어는 즉시 궁정 천문학자와 이야기할 수 있도록 허락을 요청했고, 엄격한 감시를 받으면서 그에게 인도되어 갔단다. 두 신사는 다정한 친구였기 때문에 많은 눈물을 흘리면서 서로 얼싸안았단다. 그런 다음 그들은 밀실로 들어가 여러 권의 책을 참조했어. 그 책들이 본능에 대해, 교감과 반감에 대해 다루었고 그 외의 비밀로 가득 찬 것들을 다루고 있었거든.

밤이 되어, 궁정 천문학자가 별들을 살펴보았는데, 이 점에 있어서도 통달한 드로셀마이어의 도움을 받아 피를리파트 공주의 별점을 봤단다. 이것은 아주 힘든 일이었지. 공주님의 별자리와 행성들의 궤도가 점점 더 엉클어져있어서, 그들은 궤도를 더 오랫동안 연구했단다. 하지만 마침내, 아, 이 얼마나 기쁜 일인가, 마침내 그들은 비밀을 풀 방법을 찾아낸거야. 피를리파트 공주를 흉하게 만든 마법을 풀기 위해서, 그리고 다시 공주를 이전처럼 아주 아름답게 해주기 위해서 공주가 할 일은 오직 크라카툭이라고 불리는 호두의 고소한 알갱이를 먹는 일 뿐이었지.

크라카툭 호두는 48파운드짜리 대포가 그 위를 밟고 지나가도 깨지지 않을 정도로 딱딱한 껍질을 갖고 있었단다. 하지만 아직 한 번도 면도를 해본 적이 없고 한 번도 장화를 신어본 적이 없는 남자가 공주 앞에서 이 딱딱한 호두를 깨물어야만 했고, 그 남자는 두 눈을 감고서 공주에게 호두 알갱이를 주어야만 했었지. 그 젊은 남자는 아무 것에도 걸려 넘어지지 않고 일곱 걸음을 뒷걸음친 다음에야 비로소 다시 눈을 뜨도록 허락받았단다.

드로셀마이어는 궁정 천문학자와 함께 삼일 낮과 삼일 밤 동안 끊임없이 일을 해왔어. 그리고 바로 토요일에 왕이 점심식사를 위해 앉아 있었는데, 일요일 이른 새벽에 참수형에 처해질 예정이었던 드로셀마이어가 기쁨에 가득 차 환호성을 치면서 황급히 달려 들어와서, 피를리파트 공주에게 잃어버린 아름다움을 되돌려줄 방법을 찾았다고 보고했단다. 왕은 격렬한 호의를 보이면서 드로셀마이어를 얼싸안고서, 다이아몬드가 박힌 검 한 자루, 훈장 네 개와 새 외출복 재킷 두 벌을 주겠다고 약속했단다. 식사를 마친 왕은 친절하게도 이렇게 덧붙였어.

"즉시 일을 착수해야 할 것이오. 친애하는 왕실 도자기 비법 전수자여, 수염을 깎은 적이 없는 단화를 신은 그 젊은이가 크라카툭이라고 불리는 호두를 준비해오도록 신경 쓰시오. 그리고 그 젊은이를 데려오기 전에 그가 포도주를 마시지 못하게 해야 하오. 그 젊은이가 마치 게처럼 일곱 걸음을 뒷걸음칠 때, 그가 넘어지지 않도록 말이오. 그 다음에야 그 젊은이는 인사불성이 되도록 원하는 만큼 술을 마실 수 있을 것이오!"

드로셀마이어는 왕의 이 말에 몹시 당황했단다. 그리고 몹시 떨리고 겁에 질려서 방법을 찾아내기는 했지만, 크라카툭이라 불리는 호두와 호두를 깨물어 부술 젊은이 둘 다 이제 찾아야만 하고, 게다가 언제 호두와 호두까기를 찾게 될지 몰라 회의적이라고 더듬거리면서 말했단다. 왕은 몹시 노해서 왕관을 쓴 머리 위 공중에 왕홀을 휘둘렀고 사자 목소리처럼 고함쳤단다.

"그렇다면 그것은 자네 책임일세!"

두려움과 곤경에 처해 있는 드로셀마이어에게 한 가지 다행인 것은 바로 그날의 식사가 왕한테는 아주 맛있었던 거야. 따라서 왕은 기분이 좋았단다. 그래서 성품이 고결하고 드로셀마이어의 운명을 불쌍하게 여겼던 왕비가 아무 부족함이 없도록 내놓은 합리적 주장들을 왕은 평소보다도 더 잘 경청할 수 있었단다.

드로셀마이어는 용기를 내어 결국에는 공주를 낫게 할 수 있는 방법을 알아내라는 업무를 자기가 실제로 해결해냈고, 따라서 자기는 계속해서 살아갈 특권을 얻은 거라고 마침내 말했단다. 이에 대해 왕은 그의 말이 어리석은 핑계이고 얼빠진 허튼

소리라고 말했지만, 위에 좋은 약주를 한잔 마시고 난 다음엔, 마침내 시계 제작자와 궁정 천문학자 두 사람은 지금 즉시 떠나야 한다는 것과 주머니에는 오직 크라카툭이라고 불리는 호두를 넣어가지고 돌아와야 한다고 결론을 내렸단다. 호두를 깨물어 깨뜨릴 젊은이를 왕비가 이미 고안한 대로 국내 신문들과 국외 신문들 그리고 지식인 관보에 여러 차례 광고를 게재해서 찾아내야할 것이라는 거였단다."

고등법원 판사는 이 부분에서 다시 이야기를 중단했다. 그리고 다음 날 저녁에 나머지 이야기를 해주겠다고 약속했다.

제9장

단단한 호두에 관한 동화의 결말

다음 날 저녁, 양초에 불이 붙여지자 곧바로 드로셀마이어 대부가 정말로 다시 왔다. 그리고 계속해서 이야기했다.

"드로셀마이어와 궁정 천문학자는 호두 크라카툭의 흔적을 찾지도 못한 채 벌써 15년째 여행 중이었단다. 애들아, 그들이 어디를 다녀왔는지, 그들이 어떤 희귀하고 별난 일들을 당했는지, 내가 그것에 대해서 너희들에게 말하려면 족히 4주 동안은 이야기할 수 있을 것이란다. 하지만 난 그걸 이야기하고 싶지는 않고, 다만 지금 즉시 이 이야기를 해야겠구나. 젊은 드로셀마이어가 이 여행 기간 마지막에 깊은 수심에 잠겨 사랑하는 고향도시 뉘른베르크를 몹시 그리워했다는 사실을 말이다. 젊은 드로셀마이어가 친구와 함께 아시아의 어느 거대한 숲 한 가운데서 파이프 담배를 피우고 있던 바로 그때, 이런 특이한 그리움이 그를 급습했단다.

오, 아름다운
아름다운 내 고향 도시 뉘른베르크여
너를 보지 못한 이는 런던으로, 파리로
그리고 페테르바르다인으로
여행을 많이 다녔을지라도,
그의 마음은 시원하지 않도다.
하지만 그는 항상 너를,
오 뉘른베르크 너를 열망할 수밖에 없구나.
창문들이 달린 아름다운 집들이 있는 아름다운 도시여.

드로셀마이어가 아주 몹시 애처롭게 탄식하자, 궁정 천문학자가 깊은 동정에 사로잡혀 너무나 가엾게 울부짖기 시작해서, 아시아의 어디에서나 그 울음소리를 들을 수 정도였단다. 하지만 궁정 천문학자는 다시 마음을 가라앉히고, 두 눈에서 흘러내리는 눈물을 닦았어. 그리고 이렇게 물었지.

'그런데 존경하는 동료여, 왜 우리가 여기 앉아서 울부짖는 겁니까? 우리가 왜 뉘른베르크로 가지 않는 겁니까? 우리가 운명적인 크라카툭 호두를 어디서 그리고 어떻게 찾든지 전혀 상

관없지 않습니까?'

'그 또한 맞는 말 같습니다.' 젊은 드로셀마이어는 위안이 되어 그렇게 응답했단다.

두 사람은 즉시 일어나서, 파이프를 털어내고는 단숨에 아시아의 숲 한가운데를 떠나 뉘른베르크로 직행했단다. 두 사람이 뉘른베르크에 도착하자마자, 젊은 드로셀마이어는 여러 해 동안 보지 못했던 인형제작자이자, 칠장이에 도금장이고 크리스토퍼 차하리아스 드로셀마이어라고 불리는 사촌에게 서둘러 달려갔단다. 이 사촌에게 시계 제작공은 피를리파트 공주, 마우제링크스 부인 그리고 크라카툭 호두에 얽힌 모든 이야기를 들려주었단다. 그랬더니 이 사촌은 몇 번이고 양 손을 맞잡고 너무 놀란 나머지 이렇게 외쳤어.

"이런, 사촌, 사촌, 무슨 이런 신기한 일이 다 있단 말인가!"

드로셀마이어는 계속해서 자기가 긴 여정에서 겪은 모험에 대하여 이야기했단다. 2년 동안 대추대왕의 궁정에서 어떻게 지냈는지, 어찌하여 아몬드 제후에게 모욕당한 채 퇴짜를 맞았는지, 어째서 아이히호른하우젠의 자연연구단체에 헛되이 문의했었는지 들려주었단다. 간단히 말해서, 오로지 크라카툭 호두의 흔적을 찾으려고 노력했으나 어찌하여 자기가 사방팔방에서 실패했는지에 대해서 이야기한 거란다. 이 이야기를 듣는 동안 크리스토프 자카리아스는 몇 번이나 되풀이해서 손가락을 툭툭 튕겼고, 한 발로 지탱하고서 빙글빙글 돌기도 했고, 끌 끌 혀 차는 소리를 내기도 했단다. 그런 다음에는 "오! 세상에 호랑이도 제 말을 하면 온다더니!"

마침내 차카리아스는 모자와 가발을 높이 벗어던지고 사촌의 목을 격하게 끌어안고 이렇게 소리쳤단다.

"사촌! 사촌! 자네, 이제 마음 놓아도 돼. 마음 놓아도 된다고! 정말이지, 그 모든 걸 내가 가지고 있는 것 같기 때문일세. 아니지, 자네가 말한 그 크라카툭 호두를 내가 소유하고 있다네."

사촌은 곧바로 상자 한 개를 끄집어내어, 상자에서 중간 크기 정도의 금박 입힌 호두 한 개를 꺼냈단다.

"이거 좀 보게나." 사촌은 그 호두를 보여주면서 이렇게 말했다.

"보게나, 이 호두에는 이런 사정이 얽혀있다네. 수 년 전 크리스마스에 어느 낯선 남자가 호두를 가득 담은 자루 한 개를 들고 여기로 와서, 팔려고 내놓았다네. 그 남자는 시장에 펼쳐놓은 내 인형가판대 바로 앞에서 싸움을 하게 됐지. 이 남자는 현지의 호두장수에게 맞서기 위해서 호두자루를 내려놓았던 것이네. 여기서 이방인이 호두를 파는 걸 참으려들지 않고, 그런 이유 때문에 자신을 공격하는 이곳 호두장수에 맞서서 더 유리하게 자신을 방어하기 위해서 그랬던 거였다네.

그 순간 무겁게 짐을 실은 수레가 그 자루 위를 밟고 지나갔고, 자루에 있던 모든 호두가 한 개만 제외하고 전부 다 깨지고 말았다네. 그 낯선 남자는 이상한 미소를 지으면서 반짝반짝 빛나는 1720년산 20 탈러짜리 동전을 주면 남은 호두를 팔겠 다고 나에게 제안했어. 난 이 상황이 아주 이상하게 여겨졌다네. 그런데 바로 그때 내 주머니에 그 20탈러짜리 동전이 있는 걸 발견했지 뭐요. 그래서 난 그 남자가 원하는 대로 그 호두를 사서 호두에 금도금을 했다네. 왜 내가 호두를 그렇게 비싼 값을 주고 사서 그렇게 소중히 여기는지 정확히 알지도 못하면서 말이야."

젊은 드로셀마이어가 궁정 천문학자를 불러와 금도금을 깨 끗이 긁어내고, 호두껍데기에 오래된 말로 새겨진 크라카툭이 라는 낱말을 발견하자, 사촌이 가지고 있는 호두가 정말로 지 금껏 찾고 있던 바로 그 크라카툭 호두일까라고 의심했던 모든 마음이 일순간에 사라졌단다. 두 여행자의 기쁨은 이루 말할 수 없었지. 그리고 젊은 드로셀마이어가 사촌에게 운수 대통한 거라고 단언했을 때, 사촌은 태양 아래서 가장 행복한 사람이 었단다. 왜냐하면 그가 이제 거액의 연금 외에도 금도금에 필 요한 금을 모두 공짜로 받게 될 것이기 때문이었지.

왕실도자기 비법전수자와 궁정 천문학자 두 사람이 잠옷 모 자를 쓰고 잠자리에 들려고 했을 때, 궁정 천문학자가 이렇게 말하기 시작했단다.

"가장 좋은 동료여, 행복은 결코 혼자오지 않는 법이오. 크라카툭 호두뿐만 아니라, 호두를 깨물어서 공주님에게 아름다움을 되찾게 해줄 젊은이도 우리가 찾아냈다는 것을 자네는 믿으시게! 내 말 뜻은 다름 아닌 자네 사촌의 아들을 두고 하는 말일세. 그렇다네, 난 조금도 잠을 잘 게 아니라"그는 열정적으로 계속해서 이야기를 이어갔다. "오늘 밤 이 젊은이의 별점을 칠 것일세!" 이렇게 말하면서 그는 나이트캡을 머리에서 끌어당기고 곧바로 별을 관찰하기 시작했단다.

사촌의 아들은 사실 상냥하고 아주 잘 자란 사내아이였단다. 그는 한 번도 수염을 깎아본 적이 없고 장화를 신어본 적도 없었어. 청소년기 초기에는 몇 번의 크리스마스를 통해 그가 꼭두각시처럼 보였더라도, 이제 그를 조금도 알아보지 못했거든. 그래서 그는 아버지의 갖은 노력 덕택에 교육을 받게 되었단다.

이 소년은 크리스마스 날이 되면 금으로 장식한 멋진 붉은색 상의를 입고 칼을 차고 겨드랑이 밑에 모자를 끼고 멋진 가발을 붙인 아주 탁월해 보이는 머리 모양을 하고 있었단다. 이렇게 젊은이는 아주 눈부신 자세로 아버지의 가판대 안에 서서 타고난 정중한 자세로 어린 소녀들에게 소리를 내며 호두를 까주었단다. 그렇기 때문에 소녀들은 이 젊은이에게 상냥하게 꼬마 호두까기라고 별명을 붙여주었어.

다음날 아침 궁정 천문학자는 뭔가에 도취된 사람처럼 왕실도자기 비법 전수자의 목을 양팔로 껴안으면서 이렇게 외쳤단다.

"그 젊은이가 바로 그 사람일세, 우리가 그 사람을 찾은 걸세. 그 젊은이를 찾은 걸세. 단 두 가지만을 우리가 유의하기만 하면 되네, 친애하는 동료여, 우선 자네의 출중한 조카에게 나무로 된 튼튼한 댕기머리를 땋아주어야만 하네, 그 댕기머리가 아래턱하고 잘 연결되어서 그 머리가 힘을 주어도 강하게 위아래로 잘 움직일 수 있도록 해야 하는 걸세.

하지만 그 다음 우리가 궁정으로 간 후에는 크라카툭 호두를 깨뜨릴 그 젊은이를 데려왔다고 말하지 않도록 반드시 조심해야만 하네. 그는 오히려 우리가 도착하고 난 뒤 조금 있다가 나타나야만 하네. 내가 별점을 읽어보니 왕께서는 처음 몇 사람이 이빨로 깨물지만 모든 노력이 수포로 돌아가자, 호두를 깨물어 깨부수고 공주에게 잃었던 아름다움을 되돌려주는 자에게 공주와 왕국의 후계자 자리를 상으로 주겠다고 약속하시게 될 것일세."

인형제작자인 사촌은 자기의 어린 아들이 피를리파트 공주와 결혼하고 왕자가 되고 왕이 될 거라는 말에 아주 몹시 만족하였단다. 그래서 아들을 두 사절에게 전적으로 맡겼지. 젊은 드로셀마이어가 희망에 가득 찬 어린 조카에게 붙여준 땋은 머리는 아주 잘 맞아서, 조카는 가장 딱딱한 복숭아씨들을 깨물어 부수었으므로 가장 두각을 나타내는 실험을 무난히 수행해 냈단다. 젊은 드로셀마이어와 궁정 천문학자가 크라카툭 호두를 찾아냈다고 즉시 왕궁에 보고했기 때문에, 그곳에서도 즉시 필요한 요구사항들이 포고되었단다. 그리고 이 두 여행자가 마법을 풀어줄 비책을 갖고 도착해보니, 벌써 수많은 멋진 사람들이 도착해 있었는데, 그들 중에는 자신의 건강한 치아를 믿고서, 공주의 마법을 풀어보려고 하는 왕자들도 있었단다.

그런데 공주를 다시 보았을 때, 이 사절들은 적잖이 놀랐단다. 너무나도 조그만 손과 발을 가진 작은 몸은 기형적인 거대한 머리의 무게를 거의 지탱할 수 없었단다. 끔찍스럽게도 흉측한 얼굴은 입과 턱 주위에 붙여놓았던 두툼한 하얀 솜으로 만든 수염으로 인해서 더욱 커졌단다. 궁정 천문학자가 별점에서 읽어낸 것같이 모든 일이 그대로 되어갔단다. 단화를 신은 풋내기가 차례대로 나와 크라카툭 호두를 깨물었다가 공주에게 조금도 도움을 주지도 못한 채 이빨과 아래턱에 상처만 입고 말았지. 그리고 나서 이 풋내기가 그곳에 불려온 치과의사들에 의해 반은 의식을 잃은 채 실려 나갈 때, 풋내기는 이렇게 한탄했단다.

'깨물기에는 너무 딱딱한 호두였어!'

이제 왕은 마음이 너무 불안하여 마법을 푸는데 성공하는 사람에게 딸과 왕국을 주겠다고 약속했단다. 그러자 점잖고 온화한 젊은 드로셀마이어가 나서서 자신이 시도하게 허락해달라고 간청했단다. 젊은 드로셀마이어 이외에 아무도 피를리파트 공주의 마음에 들지 않았단다. 공주는 조그만 손을 가슴에 얹고 한숨을 내쉬며 마음속으로 이렇게 열렬히 소망했단다.

'아, 저 사람만이 정말로 크라카툭 호두를 깨부수고 내 남편이 되면, 좋겠는데……'

젊은 드로셀마이어는 왕과 왕비, 그리고 피를리파트 공주에게 대단히 정중하게 인사를 드린 다음에, 수석 의전관이 양손에 들고 있는 크라카툭 호두를 받아서, 그것을 지체없이 이빨들 사이에 놓고는 땋은 머리를 힘차게 잡아당겼단다. 그러자 따닥 소리를 내며 껍데기가 산산조각이 났어. 그 젊은이는 능숙하게 아직 호두껍데기 안 쪽에 붙어있는 섬유질에서 알갱이를 깨끗이 털어냈고 오른 발을 바닥에 낮게 꿇으면서 그것을 공주에게 바쳤단다. 그러고 나서 젊은 드로셀마이어는 두 눈을 감고 뒷걸음치기 시작했어.

공주는 즉시 알갱이를 삼켰는데, 오, 기적이 일어났단다! 변형된 모습은 사라졌고, 그 대신 천사같이 아름다운 여인이 그 자리에 서있는 것이었어. 공주의 얼굴은 백합처럼 희고 장미같이 붉은 비단결 양털로 짜인 것처럼 보였고, 두 눈동자는 반짝반짝 빛나는 하늘색 구슬 같았고, 풍성한 고수머리는 금실이 구불구불거리는 것처럼 보였단다. 그러자 나팔소리와 작은 북

소리가 백성의 큰 환호성 속에 섞여 울려 퍼졌어.

왕과 궁정 사람들은 모두 마치 피를리파트 공주가 태어났을 때처럼 한 발로 서서 춤을 추었단다. 그리고 왕비에게 오드꼴로뉴 향수를 뿌려야만 했는데, 왕비가 너무나 기뻐하고 열광한 나머지 기절하였기 때문이었어.

그런데 이 큰 소동은 아직 일곱 걸음을 끝마쳐야 할 젊은 드로셀마이어를 당황케 하였단다. 하지만 그는 자제력을 잃지 않고 일곱 번째 걸음을 내딛기 위해서 바로 막 오른쪽 발을 앞으로 뻗었어. 바로 그때 마우제링크스 부인이 끔찍하게 찍찍 소리를 내고 찍찍 소리를 내면서 방바닥에서 벌떡 일어섰단다. 그래서 오른쪽 발을 바닥에 내려놓으려던 드로셀마이어가 마우제링크스 부인을 밟아 뒤뚱거려서 하마터면 넘어질 뻔했단다.

　오, 이런 불행이라니! 아주 갑작스럽게 그 젊은이가 피를리파트 공주가 조금 전에 그랬던 것처럼 기형이 되고 말았단다. 몸은 오그라졌고 크게 앞으로 툭 튀어나온 두 눈과 끔찍하게 넓게 하품하듯이 큰 입이 있는 뚱뚱하게 변형된 머리를 지탱할 수가 없었단다. 땋은 머리 대신에 등 뒤에는 폭이 좁은 나무로 만든 외투가 드리워져 있었단다. 이 젊은이는 이 외투로 아래턱을 조절해야 했어.

　시계 제작자와 궁정 천문학자는 너무나 놀라고 소스라쳐서 제정신이 아니었단다. 하지만 그들은 마우제링크스 부인이 피를 흘리면서 바닥에 쓰러져 뒹구는 모습을 보았지. 마우제링크스 부인의 악행이 복수를 당한 거였어. 왜냐하면 그 젊은 드로셀마이어가 신고 있는 단화의 뾰족한 굽으로 부인의 목을 아주 힘차게 밟아서, 마우제링크스 부인은 죽을 수밖에 없었기 때문이란다.

하지만 마우제링크스 부인은 단말마의 고통을 겪으면서도 아주 비열하게 찍찍거렸단다.

오, 크라카툭, 단단한 호두,
너로 인하여 내가 이제 죽어야만 하는구나.
히히, 피피, 겁 많은 호두까기 녀석, 너도 곧 죽게 될 거야.
일곱 개의 왕관을 쓴 내 아들들이
호두까기 네가 한 짓을 되갚아 주게 될 거다.
이 어미를 대신해서
근사하게 복수해줄 거다
너 이 조그만 호두까기 녀석을.
오, 인생이여, 보기에도 생생하고 열정적인데
너와 작별하는구나.
오, 이 단말마의 고통이여!
찍!

이렇게 비명을 지르면서 마우제링크스 부인은 죽었고 궁정화덕에 불을 붙이는 화부가 마우제링크스 부인을 제거했단다. 아무도 젊은 드로셀마이어를 돌보지 않았지만, 공주는 왕이 약속했던 것을 왕에게 기억시켰단다. 그러자 왕은 즉시 젊은 영웅을 데려오라고 명령을 내렸지.

하지만 이 불행한 젊은이가 기형이 된 모습으로 나타나자, 공주는 두 손으로 얼굴을 가리고 소리를 질렀어.

"저 끔찍한 호두까기를 내쫓아, 내쫓으라고!"

시종 역시 그의 작은 어깨를 잡고는 문 쪽으로 내던졌어. 왕은 사람들이 호두까기를 사윗감으로 삼으라고 강요하려고 했다는 생각에 몹시 분노하였단다. 그리고 이 모든 것을 시계 제작자와 궁정 천문학자의 미숙한 행동 탓으로 돌리고 두 사람을 영원히 궁에서 추방했단다.

이것은 궁정 천문학자가 뉘른베르크에서 쳐봤던 별점에는 나오지 않았었지. 하지만 궁정 천문학자는 새로운 별을 관찰하는 걸 중단하지 않았어. 그래서 그는 젊은 드로셀마이어가 그가 처한 새로운 상황에서 의연하게 행동할 것이고, 그는 끔찍한 기형적인 모습에도 불구하고 왕자가 될 것이고 왕이 될 거라는 예측을 별들을 관찰하면서 해석하기를 바랐었단다.

하지만 이 젊은이의 기형적인 모습은 일곱 아들이 죽고 난 다음에 마우제링크스 부인이 머리가 일곱 달린 아이를 낳았고 생쥐 왕이 된 바로 그 아들이 이 젊은이의 손에 죽고, 한 숙녀가 이 젊은이의 기형적인 모습에도 불구하고 그를 차츰차츰 사랑하게 되어야만 사라질 수 있을 거라고 했단다.

사람들은 크리스마스 때 뉘른베르크에 있는 젊은 드로셀마이어의 아버지의 가판대에서 그를 정말로 봤다고들 말했단다.

비록 이 젊은이가 호두까기의 모습을 하고 있었지만, 왕자의 모습을 하고 있다는 거였어! 애들아, 이것이 단단한 호두에 관한 동화야! 너희들은 이제 왜 사람들이 그렇게 '이것은 단단한 호두였어!'라고 그렇게 자주 말하는지, 그리고 호두까기 인형이 그렇게 못생기게 되었는지 알거야."

이렇게 고등법원 판사는 이야기를 끝맺었다. 마리는 피를리파트 공주가 원래 버릇없고 은혜를 모르는 아이라고 생각했다. 반면에 프리츠는 호두까기 인형이 평소에 용감한 녀석이었다면, 그는 주저하지 않고 생쥐의 왕을 해치우고, 자신의 이전의 멋진 모습을 곧 되찾게 될 거라고 장담했다.

제10장

삼촌과 조카

대단히 존경스러운 내 독자들이나 경청자들 중에 누군가 유리에 베이는 우발적 사건을 겪어본 적이 있다면, 그것이 얼마나 아픈지, 그리고 그것이 서서히 치유되기 때문에, 도대체 얼마나 곤란한 일인지 스스로 잘 알 것이다. 마리는 일어나기만 하면 으레 어지러운 느낌이 들었기 때문에, 꼬박 일주일을 거의 침대에 누운 채 보내야만 했었다.

하지만 마침내 마리는 완전히 건강해졌고 평소처럼 유쾌하게 거실을 뛰어다닐 수 있었다. 유리장식장 안은 아주 예뻐 보였다. 나무들과 꽃들 그리고 집들과 예쁘고 빛나는 인형들이 새롭게 반짝이며 진열되어 있기 때문이었다. 모든 물건들 중에서 마리는 사랑스러운 자기의 호두까기 인형을 찾아냈다. 호두까기 인형은 두 번째 칸에 세워져있었는데, 아주 건강한 이빨을 드러낸 채 마리에게 미소 짓고 있었다. 마리가 대단히 좋아하는 자기의 인형을 정말 마음껏 바라보았을 때, 갑자기 마리는 두려운 마음이 생겼다. 드로셀마이어 대부가 들려준 모든 이야기는 두말할 나위 없이 정말이지 호두까기 인형에 대한 이야기였고 호두까기 인형이 마우제링크스 부인과 그 아들들과 겪은 불화 이야기였었다.

이제 마리는 자기의 호두까기 인형이 다름 아니라 뉘른베르크 출신의 젊은 드로셀마이어라는 것, 즉 드로셀마이어 대부의 호감이 가지만 안타깝게도 마우제링크스 부인의 마법에 걸린 조카일 수 있다는 사실을 알고 있었다. 왜냐하면 마리는 이미 이야기를 듣는 동안에 피클리파트 아버지의 궁정에서 근무하는 숙련된 시계 제작자가 고등법원 판사 드로셀마이어 자신이란 걸 한순간도 의심하지 않았기 때문이었다.

"그런데 대부님이 왜 너를 도와주지 않은 건지, 왜 대부님은 너를 도와주지 않은 걸까?"라고 마리는 투덜거렸다.

그 순간 마리가 목격했던 전투에서는 호두까기 인형의 왕국과 왕관을 안전하게 지켜주는 게 가장 중요한 문제였다는 생각이 마리의 마음속에서 점점 더 명백해졌다. 나머지 모든 인형들이 호두까기 인형의 부하가 아니었나? 그러니 궁정 천문학자의 예언이 적중하였고, 그래서 젊은 드로셀마이어가 인형왕국의 왕이 된 것이 확실하지 않은가? 영리한 마리는 이 모든 일들을 곰곰이 생각해보면서, 마리가 호두까기 인형과 그의 부하들이 살아 움직인다고 믿는 순간, 실제로도 모두 살아서 움직이는 게 틀림없다고 믿기 시작했다.

하지만 실상은 그렇지 않았고, 오히려 유리장식장 안에 있는 모든 것이 뻣뻣했고 움직이지도 않았는데, 마리는 자신의 마음속에 굳어진 확신을 결코 단념하려들지 않고, 다만 그것에 계속 영향을 끼치고 있는 마우제링크스 부인과 그녀의 머리가 일곱 달린 아들의 마법 탓으로 돌릴 뿐이었다.

"하지만," 마리가 크게 호두까기 인형에게 말했다. "당신이 움직이거나, 나하고 말 한마디도 나눌 수가 없다고 해도, 친애하는 드로셀마이어씨! 그렇더라도 나는 당신이 내 말을 알아듣고 내가 당신에게 얼마나 호의를 가지고 있는지를 잘 알고 있어요. 도움이 필요하면, 저의 도움을 의지하세요. 적어도 나는 당신이 필요할 때 드로셀마이어 대부님의 전문기술을 가지고 당신을 도와드리라고 대부님께 요청할 거예요."

호두까지 인형은 여전히 아무 말도 없었고 침착했다. 하지만 마리에게는 마치 유리 장식장을 통하여 나지막한 한숨 소리가 새어나오는 것처럼 여겨졌다. 창유리는 그것을 거의 들을 수 없었지만, 아주 사랑스럽게 울려 퍼지는 것 같았다. 마치 아주 작은 종소리가 이렇게 노래하는 것 같았다.

마리아,

내 어린 수호천사여.

나는 당신의 것이니,

마리아 나의 수호천사여

마리는 자기를 뒤덮은 오싹한 오한을 느꼈으나, 온몸에 특이한 쾌감이 퍼지는 기분이 들었다.

날이 저물어 어스름이 내려앉았다. 공중보건의사가 드로셀마이어 대부와 함께 들어왔다. 얼마 지나지 않자 루이제가 찻상을 차렸고, 가족들은 둥글게 둘러앉아, 재미있는 이야기를 잡다하게 서로 주고받았다. 마리는 아주 조용히 자기가 사용하는 작은 팔걸이 의자를 가져와 드로셀마이어 대부의 발치에 놓고 앉았다. 모두들 이제 막 처음으로 말을 중단하자, 크고 파란 눈동자를 가진 마리는 고등법원 판사의 얼굴을 빤히 바라다보면서 이렇게 말했다.

"사랑하는 드로셀마이어 대부님, 제 호두까기 인형이 뉘른베르크에서 온 젊은 드로셀마이어, 대부님의 조카라는 사실을 저는 이제 알아요. 그 호두까기는 왕자가 되었거나, 아니면 오히려 왕이 되었어요. 대부님의 동반자인 그 궁정 천문학자가 예언했던 대로 그것은 정확히 적중했어요. 또한 대부님의 조카가 마우제링크스 부인의 아들하고, 흉측한 생쥐의 왕하고 전쟁에

관여하고 있다는 걸 대부님은 정말 잘 알고 계세요. 그런데 왜 조카를 도와주시지 않는 거예요?"

마리는 자기가 보았던 전투의 장면을 한 번 더 이야기했는데, 어머니와 루이제의 큰 웃음소리로 인하여 이따금 이야기가 중단되었다. 프리츠와 드로셀마이어 대부님만이 진지하게 듣고 있었을 뿐이다.

"도대체 저 애가 이렇게 말도 안 되는 상상을 어디서 얻은 거지?" 공중보건의사인 아버지가 말했다.

"이거 참," 어머니가 대답했다. "저 애 상상력이 아주 풍부하잖아요. 심한 창상열을 앓았던 게 사실 저런 몽상을 만들어낸 거예요."

"그건 다 사실이 아니에요." 프리츠가 말했다. "빨간 옷을 입은 저의 경기병들은 결코 빌어먹을 마넬카 사령관 같은 그런 겁쟁이들이 아니에요. 그렇지 않고서야 제가 어떻게 그들을 잘 부리겠어요?"

하지만 드로셀마이어 대부는 이상야릇한 미소를 지으면서 어린 마리를 무릎 위에 앉히고는 여느 때보다 더 부드럽게 이렇게 말했다.

"아이고, 사랑스러운 마리. 너는 나와 우리 모두들 보다도 훨씬 더 많은 것은 가지고 있는 거란다. 너는 피를리파트 공주처럼 타고난 공주란다. 네가 아름답고 빛나는 왕국을 다스리고

있으니 말이다. 하지만 만약 네가 불쌍한 기형이 된 호두까기 인형을 계속해서 돌봐주고 싶다면, 네가 많은 고통을 당하지 않을 수 없을 거란다. 생쥐의 왕이 무슨 수를 써서라도 호두까기 인형을 끝까지 추적할 것이기 때문이지. 하지만 나는 아니란다. 너, 오직 너만이 호두까기 인형을 구할 수가 있어. 마음을 굳건히 하고 신의를 지키어라."

마리도 그 누구도 드로셀마이어 대부가 무슨 뜻으로 이런 말을 하는지 알지 못했다. 오히려 공중보건의사인 아버지는 그 말을 이상하게 여겨 드로셀마이어 대부의 맥박을 짚어보고는 이렇게 말했다.

"소중한 친구여, 머리에 급성울혈 증세를 보이고 있군요. 제가 처방전을 좀 써드리겠습니다."

공중보건의사의 아내인 마리의 어머니는 깊이 생각하더니 머리를 흔들며 이렇게 나지막하게 말했다.

"고등법원 판사님이 무슨 말씀을 하시는 건지 잘 이해하겠는데, 그것을 정확한 말로 표현할 수가 없네요."

제11장
승리

그 후 얼마 지나지 않은 달 밝은 어느 날 밤, 마리는 정체 모를 이상한 소리에 깨어났다, 그 소리는 방구석에서 나는 것 같았다. 그것은 마치 작은 돌멩이들을 이리저리 던지고 굴리는 것 같은 소리였다. 그 사이에 정말 귀에 거슬리는 날카로운 휘파람 소리와 찍찍 소리가 들려왔다.

"아, 생쥐들이에요. 생쥐들이 다시 왔어요."

마리는 소스라치게 놀라서 어머니를 깨우려고 했다. 하지만 생쥐의 왕이 벽에 난 구멍을 통해 나오더니 왕관을 쓰고서 두 눈을 번뜩이면서 방안에서 이리저리 돌아다니다가, 마리의 침대 바로 옆에 있는 작은 탁자 위로 단번에 뛰어오르는 것을 보자마자, 소리가 목에 멎어버려, 정말이지 몸을 전혀 움직일 수가 없었다.

"히히히! 네 알사탕, 네 마르치판(아몬드 설탕 과자)을 나한테 내놓아라, 이 꼬맹이야. 안 그러면 네 호두까기 인형을 물어뜯어 버리겠다. 네 호두까기 인형을 말이다!"

생쥐의 왕은 그렇게 휘파람소리를 내면서, 아주 흉측하게 이빨을 드러내고는 파삭파삭 씹는 소리를 냈고 부득부득 물어뜯는 소리를 냈다. 그런 다음에는 다시 쥐구멍으로 잽싸게 달아났다. 마리는 생쥐의 왕의 섬뜩한 외모에 너무 겁을 먹어서, 다음 날 아침에 완전히 얼굴이 창백해 보였다. 그리고 마음이 흥분되어 거의 말 한 마디도 할 수 없었다.

마리는 어머니나 루이제 언니에게, 또는 적어도 프리츠에게 밤새 자기에게 일어났던 것을 수백 번이나 털어놓고 싶었지만, 할 수 없었다.

"한 사람이라도 나를 믿어줄까, 그러기는커녕 오히려 호되게 웃음거리가 되지 않을까?"

마리에게 아주 분명해진 것은 자기가 호두까기 인형을 구출하기 위해서 알사탕과 마르치판을 내주어야만 한다는 것이었다. 마리는 그 생각에 너무 많이 사로잡혀있었으므로 다음 날 저녁이 되자 가지고 있던 이 두 가지를 장식장 발치에 놓아두었다.

아침에 공중보건의사의 아내인 마리의 어머니가 이렇게 말했다. "쥐들이 어디서 우리 거실로 갑자기 몰려오는 건지 모르겠구나. 봐라, 가련한 마리! 쥐들이 네 사탕을 모두 먹어치웠어."

정말 그랬다. 속을 가득 채운 마르치판(아몬드 설탕과자)이 게걸스러운 생쥐의 왕의 취향에 단연코 맞지 않았는데도, 날카로운 이빨로 갉아먹어서 마르치판을 내버릴 수밖에 없었다.

마리는 더 이상 사탕과자를 대수롭게 여기지 않았다. 오히려 마리는 호두까기 인형을 구했다고 생각했기 때문에 마음속으로는 기뻤다. 하지만 다음 날 밤에 마리가 찍찍거리는 소리와 찌익 소리가 자신의 귀 바로 옆에서 들렸을 때, 마리는 어땠을까? 아, 생쥐의 왕이 다시 돌아온 것이었다. 그리고 그의 두 눈은 심지어 전전날 밤에 그랬던 것보다도 더 혐오스럽게 반짝거렸고, 이빨들 사이로 훨씬 더 거슬리는 휘파람소리를 냈다.

"네 설탕, 네 설탕반죽인형들을 이리 내놔라, 이 꼬맹이 녀석. 그렇지 않으면 내가 네 호두까기 인형을 물어뜯을 거야, 네 호두까기 인형을!" 이렇게 말하면서 그 섬뜩한 생쥐의 왕은 다시 달아났다. 마리는 몹시 슬펐다.

다음날 아침 마리는 장식장 앞으로 갔다. 그리고는 너무나도 애처로운 시선으로 자기의 사탕들과 설탕반죽으로 빚어 만든 작은 인형들을 바라보았다. 하지만 마리가 고통스러워한 것도 당연했다. 왜냐하면 너, 주의를 기울이고 있는 나의 마리, 네가 어린 마리 슈탈바움이 가지고 있는 사탕과 설탕반죽으로 빚어 만든 작은 인형들이 얼마나 사랑스러운지를 상상하지 않아도 상관없기 때문이다.

아주 잘생긴 양치기가 부인과 함께 뽀얀 새끼 양 떼를 방목하고 있고, 그때 양치기의 생기 발란한 강아지가 뛰어다녔다. 또한 우편배달부 두 사람이 손에 편지들을 들고 들어오고 있었다. 그리고 아주 아름다운 네 쌍, 즉 말쑥한 옷차림을 한 청년들이 지나치게 휘황찬란하게 차려입은 처녀들과 함께 러시아풍의 그네를 타고 있었다. 몇몇 무희들 뒤에는 백리향을 재배하는 소작농 펠트퀴멜이 오를레앙의 처녀와 함께 서 있었다. 마리는 이 설탕인형들이 어떻게 되든 상관이 없었다. 하지만 장식장 가장 구석에는 마리가 아주 좋아하는 볼이 빨간 어린아이가 서 있었다. 어린 마리의 두 눈에서 눈물이 솟구쳤다. 호두까기 인형에게 몸을 돌리면서 "아"하고 마리가 외쳤다.

"친애하는 드로셀마이어 씨, 당신을 구하기 위해서라면 나는 어떤 일도 가리지 않고 할 거예요. 하지만 이건 너무 가혹해요!"

호두까기 인형도 그사이에 눈물을 흘릴 것만 같아서, 마리는 마치 생쥐의 왕이 불행한 호두까기 청년을 집어삼키려고 일곱 개의 아가리를 벌리고 있는 것을 본 것처럼 마음속에 생생하게 느껴져서 역겨운 설치류들을 모두 희생시키기로 결심했다.

그래서 마리는 그날 저녁 이전에 사탕과자를 내려놓았던 것처럼 모든 설탕인형들을 장식장 발치에 내려놓았다. 마리는 양치기, 양치기 부인 그리고 양들에게 키스하고, 마지막으로 설탕 공예반죽으로 빚어 만든 자기가 제일 좋아하는 볼이 빨간 어린 아이를 구석에서 집어냈다. 하지만 마리는 곧 그 아이를 맨 뒤쪽에 옮겨 세워놓았다. 반면에 백리향을 재배하는 소작농 펠트 퀴멜과 오를레앙의 처녀는 맨 앞줄에 서 있어야 했다.

"정말 내가 못살아," 다음날 아침 마리의 어머니인 공중보건 의사의 아내가 소리쳤다. "덩치 큰 못된 쥐가 유리 장식장 안에서 살고 있는 게 틀림없어. 가여운 마리의 예쁜 설탕인형들이 모두 갇혀있고 물어 뜯겨있으니 말이야."

마리는 눈물을 참을 수 없었지만, 곧 다시 미소 지었다. 왜냐하면 "무슨 일이 일어나든 호두까기 인형은 구했잖아"라고 생각했기 때문이었다.

마리의 어머니가 고등법원 판사에게 생쥐 한 마리가 아이들의 유리 장식장 안에서 초래했던 못된 짓에 대해서 이야기해준 저녁에 마리의 아버지인 공중보건의사는 이렇게 말했다.

"치명적인 쥐가 유리 장식장 안에 출몰해서 가여운 마리의 사탕과자를 모두 먹어치우는 데도 우리가 이놈을 근절할 수 없다니 이건 너무 역겹군."

"이런" 프리츠가 아주 명랑한 말투로 갑자기 끼어들었다. "아래층 빵집주인이 아주 뛰어난 회색 고양이 공사관을 갖고 있어요. 제가 그 고양이를 데리고 올게요. 그 고양이가 이 일을 금방 끝맺을 거예요. 그리고 생쥐의 머리를 깨물어버릴 거예요. 그것이 마우제링크스 부인이든, 아니면 그의 아들이나 왕이든 간에 말이에요."

"그리고," 어머니가 웃으면서 말을 계속 이어갔다. "의자들과 탁자들 위로 이리저리 뛰어다니겠지. 그리고 컵들과 찻잔들을 떨어뜨려 수천가지 다른 피해를 일으킬 테지."

"아, 그러지는 않을 거예요." 프리츠가 응답했다. "빵집주인의 고양이 공사관은 아주 능숙한 수고양이에요. 저도 그 고양이처럼 뾰족한 지붕위에서 아주 우아하게 걸어 다니고 싶은걸요."

"밤중에 고양이가 어슬렁거리는 건 안 돼." 고양이를 견딜 수 없는 루이제가 애원했다.

"사실은" 공중보건의사가 말했다. "사실을 말하자면 프리츠 말이 맞아. 정말 우리가 쥐덫을 놓을 수도 있지. 쥐덫이 어디 없나?"

"드로셀마이어 대부님이 그것을 우리에게 제일 잘 만들어주실 수 있을 거예요. 대부님이 그것을 발명하셨잖아요." 프리츠가 큰소리로 말했다.

모두들 웃었다. 그리고 공중보건의사의 아내가 집에 쥐덫을 갖고 있지 않다는 걸 확인하고는 고등법원 판사는 그와 같은 것을 여러 개 가지고 있다고 알려주었다. 그리고는 지금 당장 아주 훌륭한 쥐덫을 집에서 가져오도록 시켰다.

이제 프리츠와 마리에게 딱딱한 호두에 관한 대부의 동화가 아주 생생하게 펼쳐졌다. 요리사가 베이컨을 굽기 시작하자, 마리는 몸을 가볍게 떨더니 세차게 떨면서 동화에 그 속에 있는 이상한 일들에 완전히 마음이 사로잡혀 익히 잘 아는 도레 부인에게 말했다.

"아, 왕비님 제발 마우제링크스 부인과 그 가족들을 조심하십시오."

하지만 프리츠는 칼을 뽑아들고 이렇게 말했다. "맞아, 나오기만 해봐라. 내가 단칼에 때려눕히겠다."

하지만 부뚜막 위도 아래도 모든 게 조용했다. 이제 고등법원 판사가 베이컨을 가느다란 실에 묶어놓고, 조심스럽게 아주 조심스럽게 쥐덫을 유리장식장 앞에 놓았다. 그러자 프리츠가 외쳤다.

"생쥐의 왕이 대부님을 놀리지 못하게 시계 제작자 대부님 조심하세요."

그 다음 날 밤, 가엾은 마리는 어땠던가! 마리의 팔위로 얼음처럼 차가운 것이 이리저리 오싹하게 스쳐지더니, 거칠고 아주 차갑게 마리의 뺨에 대고 누웠다. 그러더니 마리의 귓가에 쩍쩍거리고 찍찍거리는 소리를 냈다. 혐오스러운 생쥐의 왕이 마리의 어깨에 앉아있었다. 생쥐의 왕의 쫙 벌어진 일곱 개의 아가리에서는 시뻘건 침이 흘러내리고 있었다. 생쥐의 왕은 이빨

로 딱딱 부득부득 소리를 내면서 공포와 충격으로 온몸이 굳어
버린 마리의 귀에 대고 쉭쉭 소리를 내며 이렇게 중얼거렸다.

쉭쉭 소리 내지 않을게, 쉭쉭 소리 내지 않을게,
집으로 들어가지 않아,
맛있는 음식 있는 데로 안 가.
난 절대로 잡히지 않을 거야.
쉭쉭 소리 내지 않을게.
내 놔라, 내 놔,
네 그림책들 전부, 네 작은 드레스들도,
그렇지 않으면 넌 조금도 쉬지 못할 거야.
알고 있으라고, 그렇지 않으면 호두까기 인형은
없어지고 말거야.
그 녀석은 물리고 말거야.
히히, 푸푸, 찍찍 찍찍!

이제 마리는 고통과 슬픔에 가득 찼다. 어머니가 다음날 "그
못된 쥐가 아직도 잡히지 않았어"라고 말하자 마리는 완전히
창백하고 당황해하는 것처럼 보였다. 그래서 어머니는 마리가
사탕과자가 사라진 것을 슬퍼하고, 그것 때문에 쥐를 두려워하
고 한다고 생각하고는 이렇게 덧붙였다.

"하지만 걱정하지 마, 귀염둥이야. 우리는 분명 못된 생쥐를 몰아낼 거야. 쥐덫이 아무 소용이 없으면, 프리츠한테 회색 고양이 공사관을 데려오라고 할 거야."

마리는 거실에 혼자 남아 있게 되자마자, 즉시 유리 장식장 앞으로 다가갔다. 그리고 나서 흐느끼면서 호두까기 인형에게 말했다.

"아, 친애하고 품위 있는 드로셀마이어 씨, 가련하고 불행한 어린 소녀인 내가 당신을 위해 무엇을 할 수 있을까요? 만약에 내가 이제 그림책 전부를, 예수님께서 내게 선물로 주신 아름다운 새 드레스까지도 저 혐오스런 생쥐의 왕에게 물어뜯으라고 내어준다면, 생쥐의 왕은 점점 더 많이 요구하게 되지 않을까요? 그래서 마지막에는 내가 더 이상 아무 것도 갖지 못하게 되면, 생쥐의 왕은 심지어 당신 대신에 물어뜯으려고 하지 않을까요? 오, 가련한 아이인 나는 이제 도대체 무엇을 해야 하나요? 이제 무엇을 해야 하지요?"

그렇게 자신의 고통을 한탄하고 슬퍼했을 때, 마리는 호두까기 인형의 목에 커다란 핏자국이 남아있다는 것을 깨달았다. 마리는 자기의 호두까기 인형이 원래는 고등법원 판사의 조카인 젊은 드로셀마이어라는 걸 알게 된 이후로, 더 이상 호두까기 인형을 팔에 안고 쓰다듬고 키스하지 않았다. 사실 너무 부끄러워서 그를 결코 한번이라도 건드리고 싶지도 않았다.

하지만 이제 마리는 아주 조심스럽게 장식장 함에서 호두까기 인형을 꺼내 평소에 들고 다니던 손수건으로 목에 난 핏자국을 문질러 제거하기 시작했다. 그런데 갑자기 마리가 손에 들고 있던 호두까기 인형이 따뜻해졌고 움직이기 시작하는 것을 느꼈을 때, 마리의 마음이 어땠을지 마음속으로 그려보라. 마리는 그 즉시 호두까기 인형을 장식장 함에 되돌려 놓았다. 그러자 작은 호두까기 인형이 입을 이리저리 불안정하게 흔들고 힘겹게 속삭였다.

"아, 가장 훌륭하신 슈탈바움 양, 뛰어난 친구여, 저를 위해 해주신 모든 일에 당신께 감사드립니다. 하지 마십시오, 그림책도, 예수님께서 주신 드레스도 저를 위해서 희생시키지 마십시오. 칼 한 자루만 구해 주십시오. 나머지는 제가 해결하겠습니다. 그자가 뭐라고……."

호두까기 인형의 말은 여기서 끝났다. 그리고 마음속 가장 깊은 비애를 표현하느라 생기를 띠었던 호두까기 인형의 두 눈은 다시 경직되었고 생기를 잃었다. 마리는 결코 두려움을 느끼지 않았다. 오히려 마리가 생쥐의 왕을 위해 계속해서 고통스러운 희생을 치르지 않고도 호두까기 인형을 구해낼 방법을 이제 알게 되자, 오히려 기뻐서 깡충깡충 뛰었다.

하지만 이제 어디서 이 작은 호두까기 인형을 위해서 칼을 구할까? 마리는 프리츠에게 조언을 구하기로 결심했다. 그래서 부모님이 외출하고, 마리와 프리츠만이 고독하게 거실의 장식장 앞에 앉아 있게 되자, 마리는 자기가 호두까기 인형과 생쥐의 왕하고 겪었던 일들을 하나도 빠짐없이 프리츠에게 이야기했다.

호두까기 인형을 구하는 것이 이제 아주 중요한 문제였다. 마리의 이야기를 듣고 나서 프리츠는 자기의 경기병들이 전투에서 처참하게 참패했던 것 이외에는 더 이상 아무 것도 생각하지 않았다. 프리츠는 정말로 상황이 그런지 한 번 더 아주 심각하게 물었다. 마리가 자신의 말을 그대로 확인해주었더니 프리츠는 즉시 유리장식장으로 가서, 경기병들에게 격정적인 연설을 했다. 그러고는 경기병들의 이기심과 비겁함을 벌주기 위해서 차례차례 모자에서 부대 마크를 잘라냈고, 그들이 일 년 동안 경기병 행진곡도 부르지 못하게 금지했다. 프리츠는 징계 처분을 내린 다음, 다시 마리에게 몸을 돌렸다.

"칼에 대해서 말하자면, 난 호두까기 인형을 도와줄 수 있어. 바로 어제 기마부대의 늙은 대령 한 사람을 퇴역시켰거든. 따라서 그 사람에게는 멋지고 날카로운 칼이 더 이상 필요 없어."

지금 말한 그 대령은 장식장 세 번째 칸 제일 뒤 구석에서 프리츠가 지정해준 연금을 받아쓰면서 지냈다. 프리츠는 거기서 대령을 꺼내어 실제로 멋지고 화려한 은제 칼을 떼 내어 호두까기 인형의 허리에 둘러주었다.

다음 날 밤 마리는 순전히 불안한 공포 때문에 잠을 이룰 수 없었다. 자정 무렵 마리는 거실에서 마치 이상한 시끄러운 소리, 덜거덕덜거덕 소리, 쉭쉭거리는 소리가 나는 것 같다고 생각했다. 그러다가 갑자기 "찌익!" 소리가 났다.

"생쥐 왕! 생쥐의 왕이야!"

마리는 이렇게 외치고는 너무나 깜짝 놀라서 침대에서 튀어나왔다. 이제 아무 소리도 들리지 않았다. 하지만 곧 나지막하게 아주 나지막하게 문을 두드리는 노크소리가 들렸다. 그리고 아주 작은 목소리를 냈다.

"존귀하신 슈탈바움 숙녀여. 안심하시고 얼른 문을 여십시오. 기쁘고 좋은 소식입니다!"

마리는 그 목소리가 젊은 드로셀마이어의 목소리라는 것을 알고는 윗옷을 걸치고 즉각 문을 열었다. 밖에는 호두까기 인형이 오른 손에 피가 흐르는 칼을, 왼손에는 촛불을 들고 서 있었다. 그는 마리를 보자 한쪽 무릎을 꿇고 이렇게 말했다.

"오, 친애하는 숙녀여! 감히 아가씨를 조롱했던 거만한 자와 싸우도록 저에게 기사의 용기를 북돋워주시고 이 팔에 힘을 주신 분은 오직 숙녀뿐이십니다. 이제 딴 마음을 품은 생쥐의 왕은 제압당하여 피바다 속에서 몸부림치고 있습니다! 오, 숙녀여! 목숨을 내놓고 헌신한 기사의 손에서 승리의 증거를 거절하지 마시고 받아주시기를 간청합니다!"

이렇게 말하면서 작은 호두까기 인형은 자신의 왼쪽 팔위에 올려두었던 생쥐의 왕의 일곱 개의 황금왕관을 아주 능숙하게 내려서 가볍게 문질렀다. 그러고 나서 그것을 마리에게 건넸다. 마리는 너무 기뻐하며 왕관을 받아들였다. 호두까기 인형은 일어나 계속해서 말을 이어갔다.

"아, 고귀하신 슈탈바움 양, 이제 제가 적을 이겼으니 이 순간 몇 걸음만 저를 따라오는 호의를 베풀어주신다면, 당신에게 멋진 것들을 보여드릴 수 있을 것입니다! 오, 그렇게 해주십시오, 그렇게 해주십시오. 친애하는 아가씨!"

제12장
인형왕국

애들아, 나는 너희들 중 누구하나 단 한 순간이라도 마음속에 결코 나쁜 것을 생각해보지 않은 이 정직하고 온화한 호두까기 인형을 뒤따르기를 주저하지 않을 거라고 믿는다. 마리는 자기가 호두까기 인형에게 감사의 답례를 요구할 권리가 있다는 걸 잘 알기 때문에 더더욱 그를 따라갈 용의가 있었다. 그리고 마리는 호두까기 인형이 약속을 지킬 것이고 사실 자기에게 멋진 것을 보여줄 거라고 확신했다. 그래서 마리는 이렇게 말했다.

"당신하고 같이 갈 거예요. 드로셀마이어 씨, 하지만 거리가 멀지 말아야 하고, 시간이 너무 오래 걸리지 않아야만 해요. 사실 내가 아직 조금도 잠을 충분히 자지 못해서 그래요."

"그렇기 때문에 제가 좀 험하지만 지름길을 택했습니다."

호두까기 인형이 응답했다. 복도에 있는 낡고 거대한 옷장 앞으로 가서 설 때까지 그가 앞서 걸었고, 마리는 그를 뒤따랐다. 평소에 잘 잠겨있던 옷장 문들이 열려있었으므로, 마리는 맨 앞에 걸려있는 아버지의 여행용 여우모피 외투를 뚜렷하게 볼 수 있었다.

호두까기 인형은 옷장 맨 아래 돌출부와 목세공 장식을 딛고 서 아주 능숙하게 기어올라, 한 개의 두툼한 끈에 부착된 채 그 모피외투의 등짝부분에 달려있는 커다란 장식수술을 붙잡을 수 있었다. 호두까기 인형이 이 장식수술을 힘차게 잡아당기자, 즉시 삼나무 원목으로 만든 아주 정교한 계단이 모피의 소매를 통해서 내려왔다.

"자, 어서 위로 올라와주십시오, 친애하는 아가씨." 호두까기 인형이 외쳤다. 마리는 그렇게 했다. 하지만 마리가 소매를 통해 올라가서 옷깃을 내다보자마자, 눈부시게 밝은 빛이 마리 쪽으로 쏟아졌고, 마리는 반짝이는 보석들처럼 수백만 개의 불꽃이 빛을 발하고 있는 더할나위 없이 향기로운 초원에 갑자기 서 있었다.

"우리는 사탕초원에 있습니다"라고 호두까기 인형이 말했다. "하지만 곧 저 문을 지나갈 겁니다."

마리는 그 아름다운 문을 바라보는 동안에 그 문이 단지 몇 걸음 앞쪽 초원 위에 우뚝 솟아 있다는 것을 처음으로 알아차렸다. 그 문은 흰색, 갈색 그리고 건포도색 대리석으로 만들어진 것 같았다. 하지만 좀 더 가까이 다가가자 마리는 덩어리 전체가 한 덩어리로 구운 아몬드와 건포도로 구성되어 있다는 것을 잘 알 수 있었다. 그렇기 때문에 호두까기 인형이 확인해준 것처럼 그들이 지금 막 통과한 이 문을 아몬드와 건포도 문이라고 불렀다. 보통사람들은 그 문을 아주 어울리지 않게 '대학생 양식 문'이라고 불렀다.

이 문 밖으로 분명히 맥아당으로 만든 돌출 회랑에서는 빨간 조끼를 입은 여섯 마리의 원숭이들이 사람들이 들을 수 있는 행진곡들 중 가장 아름다운 터키행진곡을 연주하고 있었으므로, 마리는 아름답게 가공한 설탕같은 알록달록한 대리석 초원으로 점점 더 멀리 나아가고 있다는 걸 거의 눈치채지 못했다.

곧 그들은 양쪽에서부터 나타나게 된 아름다운 작은 숲에서 밀려드는 가장 달콤한 냄새에 감싸였다. 어두운 나뭇잎에서 빛이 아주 밝게 빛나고 반짝거려서, 마치 금빛 열매들과 은빛 열매들이 다채로운 색깔의 줄기에 매달려 있는 것을 볼 수 있었고, 즐거운 신랑들과 신부들 그리고 흥겨운 표정의 결혼식 하객들처럼 리본들과 꽃다발들이 매달린 나무줄기들과 나뭇가지들을 뚜렷하게 볼 수 있었다.

그리고 오렌지 향기가 나부끼는 산들바람같이 살랑살랑 움직이기 시작하면, 나뭇가지들과 나뭇잎에서 쏴쏴 소리가 났고, 금박 장식이 바스락거리고 부스럭거려서 환호하는 음악처럼 소리가 났다. 이 음악에 맞추어 반짝거리는 조그만 촛불들이 껑충껑충 뛰어오르고 춤을 출 수 밖에 없었다.

"아, 이곳은 아주 아름다워요." 마리가 아주 행복하고 황홀해 하며 소리쳤다.

"우리는 크리스마스 숲에 와 있습니다. 친애하는 아가씨." 호두까기 인형이 말했다.

"아." 마리가 계속해서 말했다. "여기 조금만 더 머물러도 되나요, 오, 여기는 정말 너무 아름다워요."

호두까기는 작은 두 손으로 손뼉을 쳤다. 그러자 곧 작은 양치기들과 양치기 부인들, 사냥꾼들과 사냥꾼 부인들 몇 명이 가까이 왔다. 그들은 너무 부드럽고 피부가 하얘서 순수한 설탕으로 만들었다고 해도 사람들이 믿을 정도였다. 마리는 숲에서 이리저리 산책하고 돌아다녔는데도 그들을 알아보지 못했다. 그들은 매력적이며 완전히 도금된 팔걸이의자를 한 개 가져와서 감초로 만든 하얀 쿠션을 그 위에 놓았고, 그리고는 그 위에 앉으라고 마리를 대단히 정중하게 초대했다.

마리가 의자에 앉자마자 양치기들과 양치기 부인들이 매우 점잖은 발레를 추었고, 사냥꾼들은 거기에 맞추어 아주 단조롭게 나팔을 불었다. 그리고 나더니 그들은 모두 숲속으로 사라

졌다. "용서하십시오." 호두까기 인형이 말했다.

"용서하십시오, 친애하는 슈탈바움 아가씨, 춤이 너무 보잘 것없는 결과가 되었습니다. 하지만 저 사람들은 모두 우리 발레단원들입니다. 그들은 항상 그리고 영원히 똑같은 동작만 취할 수 있을 뿐입니다. 그리고 사냥꾼들이 저렇게 졸린 듯 나른한 듯 나팔을 불었던 것 또한 원인이 있습니다. 사탕바구니가 크리스마스트리 속에 있는 사냥꾼들의 코 위에 걸려있었지만, 좀 높이 걸려있어요! 그렇더라도 좀 더 걷지 않으시겠습니까?"

"아, 그래도 모든 게 정말 예뻤고요 제 마음에 아주 꼭 들었어요!" 마리는 일어나 호두까기 인형을 따라가면서 이렇게 말했다. 호두까기 인형과 마리는 감미롭게 쇄쇄 소리를 내며 속삭이는 실개천을 따라 걸었다. 이 실개천에서 이제 막 기막히게 좋은 냄새가 숲 전체를 가득채운 향기를 내뿜는 것 같았다.

"이것은 오렌지 실개천입니다." 호두까기 인형이 마리의 질문에 대한 대답으로 말했다. "하지만 실개천의 향기로운 향기를 제외하면, 그 크기와 아름다움에 있어서 아몬드 우유 호수로 흘러가는 레모네이드 강에 비교가 될 수 없습니다."

실제로 마리는 곧 더 세차게 졸졸졸 흐르는 소리와 쏴아 쏴하는 소리를 들었고 드넓은 레모네이드 강을 바라보았다. 이 강은 변함없이 푸릇푸릇 눈부시게 이글거리는 석류석들 사이에서 도도한 크림색 물결에 휩싸인 채 밝은 빛을 발하는 관목

숲으로 계속 흘러갔다. 가슴과 심장의 기운을 돋워주는 각별히 신선하고 차가운 공기가 웅장한 강물에서 솟구쳐 넘실거렸다. 거기서 얼마 멀지 않은 곳에서는 짙은 황색 강물이 힘겹게 느릿느릿 흘러갔다. 하지만 이 강물은 엄청나게 달콤한 향기를 발산하였고 아주 귀여운 어린 아이들이 강둑에 앉아서, 작고 통통한 물고기를 낚더니 즉석에서 먹어버렸다. 더 가까이 다가가서 마리는 이 물고기들이 마치 개암처럼 생겼다는 것을 알아차렸다.

여기서 조금 떨어져 이 강가에는 아주 말쑥한 작은 마을이 위치해 있었다. 집들, 교회, 사제관, 헛간들을 포함한 모든 것이 짙은 황갈색을 띠었지만, 황금빛 지붕으로 치장되어 있었고, 많은 외벽들이 너무 다채롭게 칠해져 있어서, 마치 설탕에 절인 레몬껍질과 아몬드 씨를 붙여놓은 것 같았다.

"저것은 생강과자 마을입니다." 호두까기 인형이 말했다. "저 마을은 꿀 강둑에 위치해 있는데, 이 마을에는 아주 예쁜 사람들이 살고 있습니다. 하지만 이 사람들은 대부분 성질이 나쁜데, 그 이유는 그들이 심한 치통을 앓고 있기 때문입니다. 그러므로 마을로 들어가지 않도록 하시지요."

이 순간 마리는 다채롭고 순전히 안이 다 들여다보이는 집들로 이루어져 있고 아주 예쁘게 보일 수 있는 작은 도시가 있다는 것을 알아차렸다. 호두까기 인형은 곧바로 이 작은 도시를 향해 똑바로 걸어갔다. 마리는 멋지고 재미있는 요란한 소리를 들었고 수천 명의 귀엽고 아주 작은 사람들은 잔뜩 짐을 실은 수레를 장터에 세워놓고, 이리저리 살펴보고 이제 짐을 부리려고 하던 중이었다. 하지만 사람들이 끄집어낸 것은 형형색색의 종이와 판 초콜릿처럼 보일 수 있었다.

"우리는 사탕마을에 와 있습니다." 호두까기 인형이 말했다.

"지금 막 종이 나라와 초콜릿 왕이 보낸 탁송화물이 도착했습니다. 최근에 사탕마을 사람들이 모기제독의 군대에게 가혹한 위협을 받고 있습니다. 그렇기 때문에 사탕마을 사람들이 종이나라에서 보낸 선물들로 집을 덮고 초콜릿 왕이 그들에게 보낸 튼튼한 부품들로 보루를 쌓아올리려고 하고 있습니다. 하지만 친애하는 슈탈바움 아가씨, 우리가 단순히 이 나라의 작은 도시들과 마을들을 모두 방문할 수만은 없습니다. 수도에 가봐야 합니다. 수도에 말입니다!"

호두까기 인형이 서둘러 앞장섰다. 그리고 마리는 호기심에 가득 차 그의 뒤를 따라갔다. 얼마가지 않아 훌륭한 장미향이 스며들기 시작했고 모든 것은 부드럽게 내뿜는 장미 광채에 둘러싸인 것 같았다. 마리는 이것이 연한 붉은색으로 반짝이는 강물의 반사라는 것을 알아차렸다. 강물은 작은 잔잔한 장밋빛 은물결을 일렁이며 두 사람의 앞으로 밀려왔다가 놀라울 정도로 아름다운 음조와 선율로 노래하듯이 졸졸졸 쏴아 쏴 소리를 내며 흘러갔다.

큰 호수처럼 점점 더 폭이 넓어지는 이 우아한 강물 위로 황금 목걸이를 한 아주 멋진 은백색의 백조들이 헤엄치고 있었고, 서로 내기를 하듯 가장 아름다운 노래들을 부르고 있었다. 이 노래에 맞추어 다이아몬드로 만든 작은 물고기들이 재미있게 춤을 추며 장밋빛 물결 위로 솟구쳐 올랐다가 물속으로 잠기곤 했다. "아!" 마리는 아주 열광적으로 외쳤다.

"아, 이것은 드로셀마이어 대부님이 나에게 언젠가 만들어 주시기로 했던 것과 정말 똑같은 호수예요. 그리고 내가 바로 이 사랑스러운 작은 백조들을 어루만져 줄 그 소녀예요."

호두까기 인형은 마리가 지금까지 한 번도 그의 얼굴에서 깨닫지 못했던 것을 몹시 놀리는 듯한 미소를 지었다. 그러고 나서 이렇게 말했다.

"내 삼촌은 결코 그런 것을 만들 수 없을 겁니다. 친애하는 슈탈바움 아가씨, 오히려 당신이 직접 만드시는 게 더 나을 겁니다. 하지만 이것에 대해 곰곰이 생각하지 말고, 배를 타고 장미 호수를 건너 수도로 가시지요."

제13장

수도

호두까지 인형이 재차 작은 두 손으로 손뼉을 쳤다. 그러자 장미호수가 더 세차게 밀려오기 시작했다. 파도는 더 높이 출렁거리며 치솟았다. 마리는 먼 곳에서부터 두 마리의 순금 비늘로 덮힌 돌고래가 형형색색의 태양처럼 찬란하게 반짝이는 보석으로 만들어진 조개껍질 모양의 마차를 타고서 다가오고 있는 것을 알아차렸다.

열두 명의 너무나 귀여운 꼬마 무어인들이 벌새깃털로 짠 작은 모자를 쓰고 앞치마를 두른 채 호수 기슭으로 뛰어올라와 먼저 마리를, 다음으로는 호두까지 인형을 데리고 부드럽게 물결 위를 지나 미끄러지듯 마차 안으로 데려다주었다. 그러자 마차는 즉시 호수를 가로지르며 나아갔다. 조개껍질 모양의 마차를 탄 마리가 장미 향기를 호흡하고, 장밋빛 물결에 휩싸여 그리로 나아간 광경이 아, 얼마나 아름다웠던지! 두 마리의 순금 비늘로 덥힌 돌고래는 콧구멍을 치켜세우고 뛰어올라 수정 같은 물줄기를 아주 높이 내뿜었다. 그리고 두 물줄기는 희미하게 어른거리고 반짝반짝 빛나는 곡선을 그리며 떨어졌는데, 그때 이 소리는 마치 애교 있고 고운 청아한 목소리로 이중창을 부르는 것 같았다.

누가 장밋빛 호수에서 수영하는 건가?
요정이지! 작은 모기야, 앵앵! 물고기야, 뻐끔, 뻐끔!
백조야, 스와, 스와! 황금 새야, 트랄랄라!
큰 물결아, 열중 쉬어, 울려라,
노래하라, 휘몰아쳐라, 감시하라!
꼬마 요정, 꼬마요정이 가까이 오고 있구나,
장밋빛 물결아, 파 헤쳐라, 시원하게 하라, 밀어닥쳐라,
밀어닥쳐라, 위로, 위로!

하지만 조개껍질 마차 위에 올라타고 있던 열두 명의 꼬마 무어인들은 치솟은 물줄기의 노래를 진정으로 불쾌하게 받아들인 것 같았다. 왜냐하면 자기들이 양산 삼아 쓰고 있던 대추야자 잎사귀들이 서로 뒤섞여 구겨지고 따따따 소리를 내며 부

서졌기 때문이었는데, 그때 꼬마 무어인들은 아주 특이한 박자에 맞춰 양산들을 발로 짓밟았고 이렇게 노래했다.

우당퉁탕, 우당퉁탕, 위로, 아래로
무어인들이 원을 그리며 추는 춤은
조용해서는 안 되지.
쉬어라 물고기들아, 쉬어라 백조들아,
붕붕 소리를 내거라
조개껍질 마차야, 붕붕 소리를 내거라
우당퉁탕, 우당퉁탕, 위로, 아래로!

"무어인들은 아주 재미있는 사람들입니다." 호두까기 인형이 좀 당황해서 말했다. "하지만 이 사람들이 호수 전체를 충동하여 저에게 반항하게 할 겁니다."

실제로 즉각 기묘한 목소리들이 마음을 어지럽게 만드는 굉음을 내기 시작했다. 이 목소리는 호수 속과 공기 속에서 떠다니는 것처럼 보였다. 하지만 마리는 이 소동에 주의를 기울이지 않았고, 오히려 향기가 피어오르는 장밋빛 물결을 바라보며, 일렁이는 물결마다 매력적이고 우아한 소녀의 얼굴이 자기를 향해 미소 짓고 있는 것을 보았다.

"아", 마리는 작은 두 손을 마주잡으면서 기뻐하며 소리쳤다.

"아 친애하는 드로셀마이어 씨, 여기 좀 보세요! 저 아래 피를리파트 공주가 있어요. 나한테 아주 너무 사랑스럽게 미소 짓고 있어요. 아, 저기 좀 보세요, 친애하는 드로셀마이어 씨."

하지만 호두까기 인형은 거의 비탄하듯 한숨을 쉬고는 이렇게 말했다.

"오, 가장 고귀한 슈탈바움 아가씨, 저건 피를리파트 공주가 아니에요. 저것은 당신입니다. 그리고 장밋빛 물결마다 그토록 사랑스럽게 미소 짓는 얼굴은 다름 아닌 당신 자신의 우아한 얼굴입니다."

그러자 마리는 재빠르게 머리를 돌려, 두 눈을 꼭 감고 너무 부끄러워했다. 그 순간 열두 명의 무어인들이 조개껍질 마차에서 내려와 마리를 들어 올려 뭍으로 데리고 갔다. 마리는 작은 덤불숲에 와 있었어. 이 숲은 크리스마스 숲보다 훨씬 더 아름다웠다. 숲속에 있는 모든 것이 윤이 났고 반짝거렸다. 특히 진기한 과실들이 모든 나무에 주렁주렁 달려있는데도, 절묘한 색을 띠고 있었을 뿐만 아니라, 아주 신비한 향기도 풍기고 있어서 경탄할 지경이었다.

"우리는 과일잼 숲에 와 있습니다!" 호두까기 인형이 말했다. "하지만 수도는 저쪽에 있습니다."

그런데 지금 마리가 무엇을 바라본 것인가! 얘들아, 이제 꽃들로 가득 찬 초원의 수평선 너머로 희미하게 마리의 눈앞에 펼쳐진 이 도시의 아름다움과 장엄함을 너희들에게 어떻게 묘사해야 될지 모르겠구나. 성벽들과 탑들이 휘황찬란한 색채로 빛났을 뿐만 아니라, 건물들의 형식으로 말하자면, 세상 어디에서도 비슷한 것을 전혀 찾을 수 없을 정도였다. 집들마다 지붕대신에 우아하게 엮은 왕관을 쓰고 있었고 탑들은 우리가 볼 수 있는 한 가장 우아하고 가장 다채로운 잎사귀 모양의 장식을 화환처럼 쓰고 있었으니까 말이다.

호두까기 인형과 마리가 마치 순전히 마카롱과 설탕을 입힌 열매로 지어진 것처럼 보이는 성문을 통과하자, 은으로 만든 병정들이 받들어 총 자세를 취했고 두꺼운 비단으로 장식된 잠옷을 입은 작은 남자가 호두까기 인형의 목을 부둥켜안으며 이렇게 말했다.

"환영합니다. 가장 훌륭하신 왕자님! 과자의 성에 오신 것을 환영합니다!"

마리는 아주 신분이 높은 어떤 남자가 젊은 드로셀마이어를 왕자라고 존중하고 있는 것을 알아챘을 때, 적잖이 놀랐다. 이어서 마리는 환호성 소리와 웃음소리, 악기연주소리와 노랫소리같이 아주 많은 좋은 목소리들이 뒤섞여 아우성치는 소리를 들었다. 그래서 마리는 다른 것은 생각할 수 없었고, 오직 이게 의미하는 게 무엇이냐고 호두가기 인형에게 물어볼 뿐이었다.

"오, 친애하는 슈탈바움 양." 호두까기 인형이 응답했다. "별일 아닙니다. 과자의 성은 백성이 많은 재미있는 도시입니다. 그래서 매일 이렇게 즐겁게 지냅니다. 하지만 조금만 더 가실까요?"

몇 발자국 걸어가자마자 그들은 큰 장에 다다랐다. 이 장은 굉장한 볼거리를 제공했다. 빙 둘려있는 모든 집들은 설탕부스러기로 만든 설탕공예품들이었고, 회랑 위에 회랑이 쌓아올려져 있는 구조였다. 광장 한 가운데는 설탕을 입힌 뾰족탑모양의 케이크가 오벨리스크 탑처럼 서 있었다. 이 케이크 둘레에 있는 네 개의 대단히 예술적인 분수대는 오렌지에이드, 레모네이드 그리고 대단히 달콤한 다른 음료수들을 허공으로 내뿜고 있었다. 그리고 저수조에는 순수한 크림이 모여 있어서 즉시라도 숟가락으로 떠먹고 싶은 마음이 날 정도였다.

하지만 이 모든 것보다도 훨씬 더 예쁜 것은 너무도 귀여운 소인들이었다. 이들은 수천 명씩 머리를 맞대고 서로 떼지어 몰려와 환호성을 지르고 웃고 익살부리고 노래를 불렀다. 간단히 말해서 마리가 이미 멀리서 들었던 것은 바로 이 흥겹고 소란스런 굉음이 일어났던 소리였던 것이다.

이 광장에는 멋지게 옷을 차려입은 신사와 숙녀들, 아르메니아 사람들과 그리스사람들, 유대인들과 티롤 사람들, 장교들과 병사들 그리고 설교자들과 목동들 그리고 어릿광대들이 있었다. 간단히 말해서, 이 세상 어디서나 발견할 수 있는 가능한 모든 사람들이 다 모여 있던 것이다.

한쪽 구석에서 소란스러운 소리가 점점 더 커지더니, 사람들이 사방으로 흩어졌다. 바로 막 모굴제국의 황제가 조그만 마차를 타고서 아흔세 명의 제국 고위 귀족들과 칠백 명의 노예를 거느리고 행차하였기 때문이었다. 하지만 다른 모퉁이에서는 오백 명이나 되는 강한 어업조합원들이 축제행렬을 이루어 지나가고 있었고 터키의 군주도 느닷없이 삼천 명의 친위보병을 거느리고서 시장 광장을 말을 타고 행차해야겠다면서 시기에 맞지 않는 생각을 했다. 게다가 행렬이 중단되었던 희생자 축제에서 나온 긴 행렬도 광장으로 들어왔는데, 이들은 '일어나 위대한 태양에게 감사하라'는 맑은 소리의 악기 연주를 하고 노래를 부르면서 곧바로 뾰족탑 모양의 케이크를 향하 나아갔다.

결국엔 얼마나 밀치고 부딪히고 북적거리고 괴성을 지르던지! 곧이어 비탄하는 소리도 많이 증가했다. 어떤 어부는 사람들이 밀려드는 통에 브라만 승려와 부딪쳐 머리를 떨어뜨렸고 무굴제국의 황제는 어떤 어릿광대에게 밀려 하마터면 넘어질 뻔했다.

소음은 점점 더 시끌벅적해졌고, 사람들은 이미 서로 밀치고 주먹다툼을 하기 시작했다. 그러자 성문에서 호두까기 인형을 왕자로 환영했던 두꺼운 비단 장식된 잠옷을 입은 남자가 뾰족탑모양의 케이크 위로 올라갔다. 그는 아주 맑은 소리를 내는 종을 세 번 잡아당기고 나서, 세 번 큰 소리로 외쳤다.

"과자 제조인! 과자 제조인! 과자 제조인!"

그러자 소동은 고요해졌고, 각자 자기가 할 수 있는 한 스스로 꾸려나가려고 애썼다. 그리고 뒤죽박죽이 된 행렬들이 제대로 풀리고, 옷이 더럽혀진 무굴제국의 황제의 옷을 털어내고, 브라만 승려에게 다시 머리를 올려주고 나자, 앞에 있었던 소란스런 굉음이 다시 시작되었다.

"과자 제조인의 의미가 무엇인가요? 친애하는 드로셀마이어 씨." 마리가 물었다.

"아, 가장 고귀하신 슈탈바움 아가씨," 호두까기 인형이 대답했다. "과자 제조인은 여기서 잘 알려지진 않았지만, 대단히 무서운 힘을 일컫는 말입니다. 이 힘은 인간을 마음대로 할 수 있다고 믿습니다. 그것은 숙명입니다. 그 숙명이 이 명랑한 작은 백성을 지배하는 것이지요. 그들은 이 숙명을 너무나 두려워하여서, 그 이름을 단순히 부르기만 해도 방금 시장님이 증명해 보이셨듯이 큰 소동이 진정될 수 있을 정도입니다. 그러고 나면 제각기 현세적인 것, 즉 갈비뼈에 입은 타격과 머리에 난 혹을 더 이상 생각하지 않고, 자신을 성찰하고 이렇게 말합니다. '인간이란 무엇인가 그리고 인간에게서 무엇이 만들어질 수 있을까?'라고 말입니다."

마리는 이제 하늘로 치솟은 수백 개의 탑과 함께 장밋빛으로 붉게 깜빡이면서 밝게 빛을 발하고는 성 앞에 갑자기 서게 되자, 경탄한 나머지, 실제로 너무 소스라치게 놀라서 큰 소리로 외치지 않을 수가 없었다. 제비꽃, 수선화, 튤립, 십자화를 풍성하게 묶은 꽃다발들이 성벽위에 여기저기 흩어져있었을 뿐이고, 검게 그을린 성벽의 색깔만이 장밋빛이 감도는 눈부시게 반짝이는 배경부에 있는 흰색의 가치를 높이고 있을 뿐이었다. 중앙 건물의 거대한 돔과 탑의 피라미드형 지붕들은 금빛과 은빛으로 반짝이는 수천 개의 작은 별들로 흩뿌려져 있었다.

"이제 우리는 마르치판 성 앞에 있습니다"라고 호두까기 인형이 말했다. 마리는 마법의 성 같은 궁정을 바라보느라 완전히 정신을 잃었으나, 어떤 커다란 탑의 지붕이 완전히 사라졌다는 것이 마음에서 사라지지 않았다.

계피막대로 만든 구조물 위에 서있던 작은 남자들이 지붕을 다시 원상복구하려는 것처럼 보였다. 마리가 호두까기 인형에게 그것에 대해 묻기도 전에, 그는 이야기를 계속했다.

"얼마 전에 이 아름다운 성은 완전히 무너지지는 않았지만, 완전히 폐허가 될 위협에 처했습니다. 단 것을 좋아하는 거인이 이 길을 지나가다가 저 탑의 지붕을 순식간에 먹어치웠고 이미 커다란 돔을 갉아먹고 있었습니다. 하지만 이 때 잼마을의 주민들이 거인에게 도시의 한 구역 전부와 아울러 과일잼 숲의 상당부분을 공물로 가져왔습니다. 거인은 이것을 다 먹어 치우고 길을 계속 갔습니다."

그 순간 아주 아늑하고 부드러운 음악소리가 들리더니, 성문이 열렸고 열두 명의 꼬마 시동들이 마치 횃불처럼 점화된 정향나무 줄기를 들고 나왔다. 시동들의 머리는 한 개의 구슬로 이루어져 있었고, 몸통은 여러 개의 루비와 에메랄드로 이루어져 있었다. 게다가 그들은 순금으로 가공하여 만든 아주 예쁜 작은 발로 두 사람을 향해 걸어왔다.

네 명의 귀부인들이 시동들을 따라왔다. 그들 각자의 키는 마리의 클래르핸 아가씨 정도였지만, 그들이 호화롭고 번쩍거리는 옷차림을 하고 있어서 마리는 이 귀부인들이 날 때부터 공주였다는 것을 한순간도 오인한 적이 없었다. 귀부인들은 호두까기 인형을 더할 나위 없이 다정하게 안아주고는 가엾게 여기기도 하면서 즐겁게 외쳤다.

"오, 나의 왕자! 세상에서 가장 훌륭한 왕자! 오, 내 동생이여!"

호두까기 인형은 무척 감동받은 것 같았다. 그는 두 눈에서 자꾸 흘러내리는 눈물을 닦았다. 그러고 나서 호두까기 인형은 마리의 손을 잡고서 열정적으로 이렇게 말했다.

"이분은 마리 슈탈바움 양입니다. 아주 존경할만한 공중보건 의사의 딸이자, 제 생명을 구해주신 분입니다. 만약에 슈탈바움 양이 제 때에 슬리퍼를 던지지 않았더라면, 그리고 퇴역한 대령의 사브르 칼을 마련해주지 않았더라면, 저는 저주받아 마땅한 생쥐의 왕에게 물려서 무덤에 묻힐 뻔했습니다. 오! 슈탈 바움 양은 바로 그런 분입니다. 피를리파트 공주님이 천생적인 공주님이시라고 하더라도, 공주님이 아름다움, 선량함 그리고 미덕에 있어서 슈탈바움 양과 비교가 될까요? 아니오, 저는 아니라고 말할 겁니다!"

귀분인들이 외쳤다. "그럼요." 그리고는 귀부인들은 마리의 목을 껴안고 흐느끼며 이렇게 외쳤다.

"오, 당신이 우리 왕실 가문의 사랑하는 동생을 구해준 생명의 은인이시군요. 훌륭하신 슈탈바움 양!"

이제 귀부인들이 마리와 호두까기 인형을 호위하고서 성 안으로 들어갔다. 보다 정확히 말하자면 연회장으로 들어갔는데, 연회장의 벽들은 순수한 색깔로 번쩍이는 수정으로 구성되어 있었다. 하지만 무엇보다도 마리에게 아주 마음에 들었던 것은 둘레에 세워놓은 아주 매력적인 작은 의자들, 탁자들, 서랍장들과 책상 등등이었다. 그리고 이것들은 모두 그 위에 순금 꽃장식을 넣은 히말라야 삼나무 원목과 브라질산 원목으로 제작한 것들이었다. 공주들은 마리와 호두까기 인형에게 앉으라고 간청했고, 그들이 직접 식사를 즉시 준비할 것이라고 말했다.

그런 다음 공주들은 한 무더기의 작은 냄비들과 고급스런 일

본제 자기대접들, 숟가락, 칼과 포크, 강판, 찜 냄비와 금과 은
으로 만든 다른 조리도구들을 가져왔다. 그러고 나서 공주들은
마리가 아직까지 한 번도 본 적이 없는 가장 예쁜 과일들과 사
탕과자들을 가져왔다. 그리고는 공주들은 눈처럼 희고 작은 손
으로 아주 기품 있게 과일들을 눌러 짜고, 양념을 빻고, 설탕에
절인 아몬드를 갈기 시작했다. 어찌나 간결하게 살림을 잘하는
지 마리는 공주들이 부엌일에 정통해 있고, 그러므로 아주 맛
있는 식사가 나오리라는 것을 잘 알 수 있었다.

　마리는 자기도 또한 공주들과 똑같은 일에 아주 정통해 있다
는 역력한 기분이 들어서, 은근히 공주님들의 일도 할 수 있기
를 열망했다. 마치 호두까기 인형의 누나들 중 가장 예쁜 누나
가 마리의 은밀한 바람을 알아맞히기라도 한 듯, 마리에게 작
은 금 절구를 건네며 이렇게 말했다.

　"오, 귀여운 친구, 내 동생의 생명을 구해준 귀하신 은인이시
여, 이 얼음사탕을 조금 빻아주세요!"

　마리가 그때 얼마나 명랑하게 절구질을 했는지, 절구는 귀엽
고 짧은 노래처럼 아주 우아하고 사랑스럽게 울려 퍼졌다. 그
러자 호두까기 인형이 어째서 자기와 생쥐의 왕의 군대 사이
에서 벌어진 끔찍한 전투에서 일어났는지, 자기 부대의 비겁함
때문에 자신이 어떻게 참패했는지, 그러고 난 다음 추악한 생
쥐의 왕이 자신을 어떻게 물어뜯으려고 했는지, 그렇기때문에

마리가 자신에게 시중들었던 호두까기 인형의 부하 여러 명을 어째서 희생시켜야만 했는지 등에 대해서 아주 자세하게 이야기하기 시작했다.

마리는 호두까기 인형이 이 이야기를 하는 동안에 마치 그의 말소리가, 실제로 자기가 찧고 있는 절구소리마저 점점 더 멀리서 그리고 점점 더 희미하게 울리는 것 같았다. 곧이어 마리는 옅은 안개구름처럼 얇고 가벼운 은색 천 무더기가 떠오르는 것을 보았는데, 이 은색 천속에서 공주들, 시동들, 호두까기 인형, 실제로 자기 자신도 헤엄치고 있었다. 마리는 특이한 노래와 콧노래 소리 그리고 윙윙거리는 소리를 들을 수 있었다. 그소리는 멀리서 들리는 듯 점차 사라졌다. 이제 마리는 자기의 몸이 상승하는 물결을 타고 점점 더 높이, 점점 더 높이, 점점 더 높이 두둥실 떠오르는 느낌이 들었다.

제14장

결론

부르르 꽈당 소리가 났다! 마리는 가늠할 수 없는 높이에서 떨어졌다. 그것은 큰 충격이었다! 하지만 그 즉시 마리 역시 두 눈을 뜨고 쳐다봤다. 그때 마리는 침대에 누워있었다. 벌써 대낮이었다. 그리고 어머니가 마리 앞에 서서 이렇게 말했다.

"하지만 어떻게 이렇게 오랫동안 잘 수가 있니, 벌써 아침식사 준비해놨어!"

여기에 모인 친애하는 청중 여러분은 마리가 자기가 본 모든 이상한 것들에 정신을 잃고, 결국에 마르치판 성의 연회장에서 잠이 들었다는 것과, 꼬마 무어인, 혹은 시동들, 아니면 공주님들이 직접 마리를 집으로 데려와 침대에 눕혔다는 것을 잘 눈치 챘을 것이다.

"오, 어머니, 사랑하는 어머니, 젊은 드로셀마이어 씨가 지난 밤에 저를 이곳저곳 데리고 다녔어요. 우리는 온갖 아름다운 것을 모두 다 보았어요!" 방금 마리는 내가 조금 전에 이야기했던 것과 거의 똑같이 모든 것을 이야기했고, 어머니는 몹시 놀란 얼굴로 마리를 바라보았다. 마리가 이야기를 끝내자, 어머니가 이렇게 말했다.

"귀여운 마리야, 네가 길고도 아주 아름다운 꿈을 꾼 거야. 하지만 그 모든 걸 이제 잊어라."

마리는 자기가 꿈꾼 게 아니라, 모든 것을 실제로 보았다고 완고하게 주장했다. 그러자 어머니가 마리를 유리장식장으로 데리고 가, 여느 때와 마찬가지로, 세 번째 칸에 서 있는 호두까기 인형을 꺼내서 이렇게 말했다.

"너 이 어리석은 딸아, 너는 어떻게 이 뉘른베르크산 나무인형이 살아서 움직일 수 있다고 생각할 수 있니."

"하지만, 사랑하는 어머니", 마리가 어머니의 말을 가로막았다. "나는 이 작은 호두까기 인형이 드로셀마이어 대부님의 조카인 뉘른베르크 출신의 젊은 드로셀마이어 씨라는 것을 정말 잘 알고 있어요."

그러자 공중보건의사와 그의 부인 두 사람이 크게 웃음을 터뜨렸다. "아", 마리는 거의 울먹이면서 말을 계속 이었다.

"사랑하는 아버지, 이제 아버지마저 내 호두까기 인형을 비

웃고 계시네요! 그런데도 호두까기 인형은 아버지에 대해서 아주 좋게 말했어요. 우리가 마르치판 성에 도착했을 때, 호두까기 인형이 공주님들인 자기 누나들에게 나를 소개했을 때, 호두까기 인형은 아버지가 아주 존경할만한 공중보건의사라고 말했다고요!"

웃음이 훨씬 더 커졌다. 이제 루이제도, 심지어 프리츠까지 합류했다. 그러자 마리는 다른 방으로 달려가, 자기의 작은 상자에서 생쥐의 왕의 일곱 개의 왕관을 재빨리 꺼내어 그것을 어머니에게 건네주면서 이렇게 말했다.

"사랑하는 어머니, 좀 보세요. 이것은 생쥐의 왕이 썼던 일곱 개의 왕관이에요. 어제 밤에 젊은 드로셀마이어 씨가 승리의 표시로 나한테 준 거예요."

완전히 소스라치게 놀라서 공중보건의사의 부인은 작은 왕관들을 관찰했다. 하지만 완전히 잘 알 수 없지만, 반짝이는 금속으로 아주 공들여 만들어진 것이어서, 인간의 손이 그것을 완성할 수 있다고는 할 수 없을 정도라고 생각했다. 공중보건의사 역시 아무리 왕관들을 보아도 질리지 않았다.

아버지와 어머니 두 사람은 어디서 마리가 그 왕관들을 얻었는지 고백하라고 마리에게 심상치 않게 강요했다. 하지만 마리는 물론 원래 말했던 것을 고집할 수밖에 없었다. 그러자 이제 아버지는 마리를 심하게 꾸짖었고, 마리를 심지어 꼬마 거짓말

쟁이라고 비난했다. 그때 마리는 격하게 울기 시작했고 이렇게 한탄했다.

"아, 나는 불쌍한 아이야, 나는 불쌍한 아이라고! 이제 난 무슨 말을 해야 하나!"

그 순간 문이 열렸다. 고등법원 판사가 방으로 들어와 외쳤다. "무슨 일입니까? 무슨 일이에요? 내 대녀인 마리가 눈물을 흘리고 훌쩍이지 않습니까? 무슨 일입니까? 대체 무슨 일이냐고요?"

공중보건의사는 대부에게 작은 왕관들을 보여주면서, 그동안 발생했던 모든 일에 대해서 대부에게 알려주었다. 하지만 고등법원 판사는 이것들을 보자마자, 웃음을 터뜨렸고 이렇게 외쳤다.

"허튼소리에요, 어처구니없는 허튼소리라고요. 이것은 내가 몇 년 전에 내 시계줄에 달고 다니던 왕관들입니다. 마리가 두 살 되었을 때 꼬마 마리에게 선물했던 것입니다. 그 사실을 모른단 말입니까?"

공중보건의사도 의사 부인도 그런 것을 기억할 수 없었다. 하지만 마리는 부모님의 얼굴이 다시 상냥하게 된 것을 알아차리자, 드로셀마이어 대부에게 급히 달려와 이렇게 외쳤다.

"아, 드로셀마이어 대부님, 대부님은 정말 다 알고 계시잖아요. 제 호두까기 인형이 뉘른베르크 출신의 젊은 드로셀마이어 씨인 대부님의 조카라고, 그리고 그가 저한테 이 왕관들을 선물한 거라고 대부님이 직접 말씀해주세요!"

하지만 고등법원 판사는 매우 어두운 얼굴표정을 짓더니 이렇게 중얼거렸다. "어리석고 무지한 허튼소리야."

그러자 공중보건의사는 꼬마 마리를 한쪽으로 세워놓고 아주 위엄있게 이렇게 말했다.

"잘 들어, 마리야. 이제 이야기를 꾸며대고 장난치는 것을 그만둬라. 그리고 만약 네가 우직하고 기형적으로 생긴 호두까기 인형이 고등법원 판사님의 조카라고 한 번만 더 말한다면, 난 호두까기 인형뿐만 아니라, 네가 가지고 있는 나머지 모든 인형들, 클래르햄 아가씨도 예외 없이, 창밖으로 던져버릴 거야."

이제 불쌍한 마리는 자기의 기분이 온통 호두까기 인형으로 가득 찼는데도, 더 이상 그것에 대해서 말하는 것을 금지당했다. 왜냐하면 마리가 겪었던 것같이 그렇게 멋진 일과 아름다운 일을 전혀 잊을 수가 없다고 너희들도 분명 생각할 수 있을 것이니까 말이다. 친애하는 독자 또는 청취자 프리츠야, 너의 동료인 프리츠 슈탈바움 조차도 누이동생이 그토록 행복하게 지냈던 신비한 나라에 대해서 자기에게 이야기하려고 할 때마다 즉시 등을 돌렸다는구나. 프리츠는 심지어 이따금 이빨 사이로 이렇게 중얼거렸다고 해.

"무지하고 멍청한 계집애!"

하지만 나는 평소에 그의 믿을 만한 좋은 성품 때문에 이 말을 거의 믿을 수가 없구나. 하지만 프리츠가 이제 마리가 이야기해주었던 것을 더 이상 아무것도 믿지 않는다는 것은 아주 확실하다.

프리츠가 공식적인 열병식 때 자기의 경기병들이 겪은 부당한 처우에 대해 정중하게 용서를 빌었다고 나는 생각한다. 들었던 군기를 대신해서 어린 거위에게서 빼낸 훨씬 더 길고 훨씬 더 아름다운 깃털을 경기병들에게 붙여주었고, 경기병 근위대의 행진곡도 다시 연주할 수 있게 허락해주었다는 것을 말이다. 자기들이 입은 빨강색 상의에 더러운 총알을 맞아 얼룩이 생겼을 때, 경기병들의 용기가 어떻게 보였는지를 우리가 가장 잘 알고 있다!

마리는 이제 더 이상 자기가 겪은 모험에 대해 이야기하는 것을 할 수 없었다. 하지만 저 신기한 요정왕국의 모습들이 달콤하게 물결치며 졸졸 흘러지나가고 귀엽고 사랑스럽게 딸랑거리며 마리의 주위에서 나풀거렸다. 마리는 그 모든 것들을 한 번 더 보았고, 아울러 마리는 오로지 자기의 생각을 그것에만 맞추었다. 그래서 마리는 평소처럼 노는 대신에 꼼짝도 않고 조용히 앉아서 깊이 생각에 잠긴 채 앉아 있을 수 있었다. 그렇기 때문에 마리는 모든 사람들에게 꼬마 몽상가라는 꾸지람도 받았다.

고등법원 판사가 한번은 공중보건의사의 집에서 시계를 수리한 일이 있었다. 마리는 유리장식장 앞에 앉아서 꿈속에 깊이 잠긴 채, 호두까기 인형을 바라보고 있었다. 그때 자기도 모르게 이런 말이 불쑥 튀어나왔다.

"아, 친애하는 드로셀마이어 씨, 만약에 당신이 정말로 살아 있기만 한다면, 나는 피를리파트 공주처럼 그렇게 행동하지는 않을 거예요. 그리고 내게 청혼하는 당신을 거부하지도 않을 거예요. 당신은 나를 위해서 잘생긴 젊은 남자가 되는 것을 포기했으니까요."

이 때 고등법원 판사가 큰 소리로 외쳤다. "이런, 이런, 어처구니없는 허튼소리."

그 순간 쿵하고 부딪치는 소리와 충격소리가 나서, 마리는 기절하며 의자에서 쓰러지고 말았다.

마리가 다시 깨어났을 때 어머니는 마리를 돌보느라 몰두하고 있었고 이렇게 말했다.

"하지만 어떻게 이렇게 다 큰 애가 의자에서 떨어질 수 있단 말이니! 뉘른베르크에서 온 고등법원 판사의 조카가 여기에 도착해 있단다. 예쁘고 얌전히 있어라!"

마리가 눈을 떠보니, 고등법원 판사가 다시 유리섬유로 된 가발을 쓰고, 노란 상의를 입은 채, 아주 만족하게 미소 짓고 있었다. 하지만 판사는 키가 작은 편이지만, 아주 균형이 잘 잡힌

몸매의 젊은 남자의 손을 잡고 있었다. 이 젊은 남자의 얼굴은 우유처럼 하얀 살결과 피처럼 붉은 혈색으로 구성된 것 같았다. 그는 또한 금색 양단으로 장식된 멋진 붉은색 상의에 하얀 비단 스타킹과 단화를 신고 있었고, 가슴부분의 주름장식은 매우 아름다운 꽃다발로 한껏 멋을 냈다. 그의 머리는 우아하게 다듬어져 분을 발랐고, 그의 등 뒤에는 근사하게 땋은 댕기머리가 드리워져 있었다. 그의 옆구리에 찬 작은 칼은 순수한 보석들로 빛났고, 그래서 휘황찬란하게 반짝였다. 그리고 겨드랑이에 끼고 있는 작은 모자는 비단조각으로 짠 것이었다.

이 젊은 남자는 흠잡을 데 없는 행실을 소유했는데, 그가 즉시 마리에게 한 아름의 멋진 장난감, 특히 가장 예쁜 마르치판과 생쥐의 왕이 물어뜯었던 것과 똑같은 인형들을 가져다주었고, 프리츠에게는 경이로울 정도로 아름다운 길게 휘어진 칼을 선물로 가져다준 것으로 그런 성품의 소유자임이 입증되었다.

식사 중에 이 공손한 젊은이는 식탁에 모인 사람들 전부에게 호두를 까 주었다. 이 호두들 가운데 가장 딱딱한 호두도 그의 호적수는 되지 못했다. 이 젊은이는 오른손으로 호두를 집어 입에 넣고, 왼손으로 댕기머리를 잡아당기면, 쫙 하고 호두가 부스러지는 것이었다!

마리가 이 공손한 젊은이를 바라보자마자 그만 얼굴이 빨갛게 달아올랐다. 그리고 식사 후에 젊은 드로셀마이어가 그와 함께 거실에 있는 유리장식장으로 가보자고 마리에게 요청했을 때, 마리는 얼굴이 더 빨갛게 달아올랐다.

"얘들아, 마음껏 같이 놀아라. 내 시계들도 제대로 잘 가고 있으니, 이제 너희들이 노는 걸 반대할 일이 없단다." 고등법원 판사가 크게 말했다.

하지만 젊은 드로셀마이어는 마리와 단 둘이 있게 되자마자 곧바로 한쪽 무릎을 꿇고서 이렇게 말했다.

"오, 지극히 뛰어나신 슈탈바움 양이시여, 여기 발 아래 복받은 드로셀마이어를 봐주십시오. 당신께서는 이 자리에서 저의 생명을 구해주셨지요! 당신은 내가 당신 때문에 흉측하게 된다하더라도, 못된 피를리파트 공주처럼 나를 뿌리치지 않을 거라고 상냥하게 분명히 말씀하셨어요! 그 순간 저는 하찮은 호두까기가 되는 걸 그만두고 저의 예전의 불쾌하지 않은 원래의 모습을 되찾았습니다. 오, 훌륭하신 아가씨, 당신의 귀중한 손을 내주셔서 저의 청혼을 허락해주시고, 저와 함께 왕국과 왕관을 공유하십시오. 저와 함께 마르치판 성을 다스리십시오. 제가 그곳의 왕이니까요!"

마리는 젊은이를 일으켜 세우고 나직한 음성으로 말했다.

"친애하는 드로셀마이어 씨! 당신은 온유하고 선량한 사람입니다. 그리고 당신은 게다가 아주 매력적이고 명랑한 사람들이 함께 거주하는 멋진 나라도 통치하고 계시니까, 당신을 제

신랑으로 맞이하겠습니다!"

그 이후로 마리는 젊은 드로셀마이어의 신부가 되었다. 사람들이 말하듯 정확히 일 년이 지나서 그 젊은이는 은색 말들이 끄는 황금마차에 마리를 태우고 돌아갔다. 결혼식에서는 진주와 다이아몬드로 치장한 아주 우아하고 눈부시게 빛나는 이만 이천 개의 인형들이 춤을 추었고, 마리는 아직도 그 나라의 왕비라고들 한다.

그 나라에서는 어디서든 반짝이는 크리스마스트리 숲을 바라볼 수 있고, 속이 다 들여다보이는 마르치판 성들, 간단히 말

해서, 세상에서 가장 훌륭하고 가장 신비로운 것들을 볼 수 있는 그런 나라의 왕비라고 한다. 사람들이 볼 수 있는 눈을 갖고 있기만 한다면 금세 알아볼 수 있는 세상에서 가장 신비로운 나라 말이다.

E.T.A. 호프만과 낭만주의 시대

독일 낭만주의 작가 E.T.A. 호프만의 단편『호두까기 인형과 생쥐 왕』은 우리나라에『호두까기 인형』으로 알려져 왔다. '생쥐 왕' 이야기가 빠지면 작품의 핵심을 놓치는 것이기에 원래의 책 제목을 그대로 사용하는 게 옳지만, 이 작품에서는 편의상『호두까기 인형』으로 부르기로 한다.

유럽 낭만주의의 특성을 발견할 수 있는 이 작품에서 원제목이 차지하는 비중이 큰 이유는 주인공 마리가 생쥐들 때문에 느끼는 불안감이 낭만주의의 시대적 배경과도 통하기 때문이다. 낭만주의는 바로 직전에 '프랑스 혁명'이라는 대사건 이후에 등장한 사조이다. 프랑스 대혁명이 유럽인들의 의식과 인식에 대변혁을 불러일으켰는데, 이웃 국가들 대부분은 복고주의를 고수하기에 급급했다. 자칫 자국 국민들이 프랑스 시민들의 영향을 받아 왕권을 전복시키지 않을까 염려하여, 오히려 국민을 억압하는 태도를 보였다. 낭만주의(Romantik)는 이에 실망한 나라들, 특히 독일에서 시작된 정신 운동이다.

　사회적, 정치적으로 불안하고 불완전한 현실을 목격한 시민들을 대변한 예술가들은 이러한 상황을 그들의 작품에 그대로 반영했다. 그래서 현실보다는 이상향을 동경하고, 그 이전에 유명했던 〈고전주의〉의 정신인 '자연'과 '이성'의 조화를 추구하는 게 아니라, '상상력'과 '주관적인 감성'을 중시하는 편을 택했다. 바로 이러한 개념이 낭만주의 작품들 속에 여실히 드러난다. 게다가 이때 일어난 유럽의 산업혁명은 기계, 광학, 생물학, 사회학, 역사학, 예술, 철학 등등의 분야에도 영향을 끼쳤다. 그래서 인간에 대한 더 심오한 분야에까지 관심을 기울이는 계기도 마련해주었다(예를 들어 현미경, 망원경 등은 더 먼 곳, 더 세밀하고 미세한 부분에 대해서도 관찰할 수 있게 했다).

　이러한 변화는 작품 속에서 난장이나 소인국, 깊은 물속, 광물, 마술 등에 대한 인식의 변화를 가져왔고, 무한한 상상력을 펼칠 수 있는 동기를 마련해주었다. 『호두까기 인형』에서 마법에 걸린 공주를 구해줄 청년을 찾기 위해서 별을 관측하는 궁정 천문학자의 모습, 공작 기구를 이용하여 시계를 고치는 드로셀마이어 대부는 시대적 배경과 과학적 변화를 그대로 반영

한다. 특히 호두까기 인형이 다쳐서 가련한 마음으로 돌보는 마리, 소인들의 등장, 쥐들의 등장 등등은 아주 미미한 것들에 대한 관심과 인간의 감성을 연결시키는 낭만주의의 특징이 드러난다고 볼 수 있다.

문학적 배경

호프만은 1776년에 프로이센의 쾨니히스베르크에서 태어났고, 성인이 되어서는 법관으로 활약함과 동시에 음악 평론 및 오페라에 관한 글을 쓰며 작곡까지 하는 등 다방면에 뛰어난 인물이었다. 그는 1822년에 사망하는데, 그때까지 문학 활동기간은 채 10년이 되지 않았다. 하지만 이 기간에 많은 작품을 남겨 도스토예프스키, 고골, 발자크, 보들레르 등에게 큰 영향을 주었다. 게다가 호프만의 환상작품들은 슈만, 자크 오펜바흐, 페루치오 부조니, 베를리오즈, 차이코프스키 같은 유명한 작곡가들의 음악 세계에 지대한 영향을 미쳤다. 그래서 아직도 전 세계 독자들과 예술애호가들에게 인간 감정과 무한한 동경 등 예술을 통한 신비한 체험 을 안겨주고 있다.

당시의 시대적 예술사조는 낭만주의(1800~1850년) 시대였다. 이 사조는 프랑스 혁명의 영향에 뿌리를 두고 있다. 또한 낭만주의는 그 근간이었던 경건주의 운동, 감정과 상상력의 해방을 추구했던 질풍노도 운동, 이성적이며 합리적인 삶에 대한 반동으로 일어난 억압된 사회적 무의식의 표출 그리고 자유에 대한 갈망 등 역사적, 정치적 요소들과 얽혀 전개되었다. 근대주의의 정신은 계몽주의와 합리주의였다. 과학혁명과 이성의 발전에 힘입어 당시 유럽사회가 내세운 이념들로는 건전한 인간의 오성, 덕성, 교육, 균형, 법칙, 이성, 절제, 중용, 행복 등이었다. 특히 이성주의에 근거하여 인간은 더욱 발전할 수 있다는 낙관적인 믿음이 팽배해있었다. 세계와 인간에게 직면한 모든 문제가 합리적이고 체계적으로 설명될 수 있다고 보았다. 따라서 인간 정신이 진보함에 따라 사회도 진보한다고 가정하고, 인간의 이성에 절대적 가치를 부여했다.

이러한 계몽주의 정신에 정면으로 이의를 제기하던 대표적인 인물들이 바로 슐레겔과 피히테였다. 슐레겔은 진보가 지역, 시대, 도덕성, 지성에 따라 차이가 있다고 보았고, 피히테는 인간의 자유는 악용될 가능성이 있고, 문화와 지식은 폭력을 억제하는 것이 아니라 오히려 폭력을 더욱 강화하는 도구로 이용될 수 있다고 경고하면서, 폭력을 억제할 수 있는 유일한 방법은 문화가 아니라, 도덕적 쇄신이라고 강조했다.

낭만주의자들의 기본적 태도로서 지식은 단지 도구일 뿐이며, 진리란 이성의 힘만으로 얻지 못한다는 것이었다. 하지만 그들은 이성을 배격하지 않고 이성의 토대 위에서 사유하고자 했다. 따라서 낭만주의자들은 이성과 합리주의적 방법을 사용하여 비합리적인 것을, 비이성적인 것이 인간에게 존재하고 있음을 밝히고 그 가치를 다시 발견하고자 했다. 헤르더는 칸트의『순수이성비판』을 "공허한 말들의 집합"이라고 의혹을 제기했고, 칸트를 '무미건조한 개념의 건축술적인 체계'라고 비난했다. 계몽주의 정신과 낭만주의 정신의 대립구조가 관념과 언어 측면에서 여실히 차이가 두드러짐을 보여주는 단면이다.

헤르더는 인간의 삶을 움직이는 것은 어떤 의미를 개념화하고 체계화하는 게 아니라, 암시적 은유를 통해 이해될 수 있다고 보았다. 셸링은 '시적 언어가 사변철학보다 신의 존재를 더 많이 통찰할 수 있게 해주기 때문에 인간에게 진정한 것'이라고 강조했다. 낭만주의자였던 하만 또한 '시는 인류의 모국어'라고 말하면서 계몽주의의 이성적, 개념적 언어에 반대했다. 낭만주의자들은 언어는 삶의 충동과 매우 유사하다고 간주하면서 언어에 대한 갈망은 낭만주의가 지향하는 이상적인 삶에 대한 동경에서 비롯된 것이어야 한다고 주장했다.

낭만주의자들은 이러한 '언어'를 '포에지(Poesie)'라는 개념 속에서 시적인 것, 비유적인 것으로 표현하려 노력했다. 슐레겔 형제, 노발리스, 바켄로더, 피히테 같은 낭만주의자들은 마찬가지로 그 시기를 주도하던 작가였던 괴테, 쉴러 같은 문학 권력에 대항하여『아테네움』이라는 잡지를 창간했다. 그들은 이 잡지에 고전주의에 대항하여 파격적이고 실험적인 시도를 단행했다. 그들은 작품에 새로운 언어 형식과 새로운 사상과 이념을 추구하는 내용을 담아 발표하여 이 문학운동이 유럽 여러 나라로 확장되어 유럽낭만주의가 형성되는 데 기여했다.

낭만주의의 개념

독일 낭만주의 운동의 '낭만'이란 의미는 우리가 쉽게 생각하는 그런 개념이 아니다. 전체적 맥락을 살펴야 이해할 수 있는 애매한 용어이기 때문이다. 하지만 '낭만(romatisch)'이라는 말은 흔히 문학 및 기타 예술용어에서 '미적인, 진기한, 정서적인, 상상력이 풍부한, 경박한, 애국적인, 환상적인, 반동적인, 주관적인, 열광적인, 혁명적인, 이국적인, 매력적인' 등등의 의미로 사용되어왔다. 영국 학자 푸르스트(L.R. Furst)는『낭만주의 운동 통람(Guide through the Romantic Movement)』에서 낭만주의를 "고전주의에 비해 병적인 것, 상상력의 무질서, 부정확한 것의 난무, 이성보다는 감성, 자연으로의 복귀, 정신의 무의식적인 해방, 경이의 재생, 무한함"(82-83쪽 참조) 등으로 요약했다.

그러나 독일 낭만주의를 가장 잘 묘사한 사람은 슐레겔 형제이다. 그들은 낭만주의를 어떤 특정한 역사적 시기만으로 지칭하는 게 아니라, 정신적 자세로 해석해야 한다고 보았다. 또한 그들은 새로운 흐름과 성향을 지닌 예술 자체의 구성요소인

'포에지'라고 주장했다. 그래서 새로운 내용과 형식을 환상적인 형식으로 서술해 내는 것이 낭만주의라고 밝혔다.

낭만주의와 독일 동화

호프만이 활동하던 시절의 문학사조, 다시 말해 시대적이며 정신적인 흐름은 '낭만주의(Romantik)'라는 문학운동이었다. 독일 낭만주의 사조는 전기 낭만주의(1795~1805년)와 후기 낭만주의(1806~1813)로 구분하기도 하고, 그 구분의 범위에 따라 전기 낭만주의 시대를 1795~1815년, 후기 낭만주의를 1815~1830년으로 정하기도 한다. 더 넓게는 후기 낭만주의를 1850년까지 보기도 한다. 호프만이 『호두까기 인형과 생쥐 왕』을 발표할 때가 1819년이므로 그는 후기 낭만주의 대표작가 중 한 사람이다.

전기 낭만주의는 예나(Jena) 지역을 중심으로 아우구스트 빌헬름 슐레겔과 프리드리히 슐레겔 형제가 주도적으로 활동한 시기였다. 노발리스는 『푸른 꽃』이란 소설로 낭만주의의 신비롭고 몽상적인 상징성을 제시하였고, 요절한 애인 소피를 찬미한 『밤의 찬가』는 신화적 이미지로 가득 차 독자들에게 신비로움을 가득 안겨주었다.

반면에 후기 낭만주의는 브렌타노와 아르님을 중심으로 하이델베르크에서 주도적으로 전개된 문학운동이다. 작가들은 독일민요, 민중시, 동화를 주로 수집하며 독일의 분열로 인해 애국심을 고취시키는 내용을 흔히 주제로 삼았다. 대표적인 것으로 그림형제의 동화집인『어린이와 가정동화』(1812년)와『독일전설』(1816년) 등을 들 수 있다.

후기 낭만주의의 배경에는 1815년 빈 회의 내용과 관계가 있다. 군주들은 복고주의를 고수하였고 느슨한 연합체인 독일 연방은 국민들의 기대와 달리 여전히 막강한 군주들의 편이었다. 그렇기 때문에 수년간 지속되어온 수많은 투쟁과 변혁 그리고 무서운 전쟁을 겪고 난 시민들은 정신적, 육체적 휴식을 동경했다. 뿐만 아니라 국민들은 정치적인 문제에 거리를 두고 개인의 행복과 안락한 가족생활을 영위하는 경향이 짙어졌다. 자유와 민주주의에 대한 기대를 부풀렸던 혁명사상은 단지 시인, 사상가 그리고 예술가들의 활동영역으로 간주되었고, 작가들은 전기 낭만주의 작가들처럼 자연과 감정을 노래하는 경향이 짙었다.

낭만주의의 시대적 배경

낭만주의를 이해하기 위해서는 여느 사조보다도 당시의 역사적, 사회적, 문화적, 경제적 상황 변화를 잘 살펴볼 필요가 있다. 왜냐하면 이 시기의 사람들은 산업혁명, 과학의 발전, 빈부의 극심한 격차, 민중의 봉기, 자유에 대한 갈망, 혁명, 전쟁, 공포 등등 다양한 경험을 했기 때문이다. 호프만이 태어난 18세기 말엽 이전부터 유럽은 프랑스, 영국, 러시아, 오스트리아 그리고 프로이센의 5대 강국이 자리 잡고 있었다. 하지만 독일인의 국가인 오스트리아는 헝가리와 합쳐져 합스부르크 왕가를 이루고 있었고, 독일의 프로이센은 독일에서 가장 영토가 큰 국가였지 아직 통일 국가는 아니었다. 통일은 1871년이 되어야 이루어졌다. 당시 독일은 300개 이상의 작은 연방 국가들의 집합체였다. 독일민족은 있는데 '독일이라는 나라'가 아닌 다소 모호한 시절이었다.

유럽은 1770년부터 1800년 사이에 농촌과 도시에서 민중봉기가 빈번하게 일어났던 지역이었다. 대부분의 봉기는 신속히 진압되었지만 봉기로 인한 불안한 분위기는 유럽 전역으로 급속히 확산되었다. 특히 프랑스는 1788년과 1789년의 연이은 흉작으로 곡물과 생필품 가격이 오르면서 그 여파로 실업자 수가 급증하자, 국가와 사회의 질서가 무너질 수도 있는 위급한 상황이었다. 당시 프랑스의 국왕 루이 16세는 1789년 5월 민중봉기의 평화로운 해결을 위해서 170여 년 동안 열리지 않았던 삼부회의를 소집했다. 제3신분인 평민대표는 제1, 제2신분의 승리를 대표하는 신분별 투표 방식대신에 1인 1표 방식을 주장했다. 왜냐하면 평민대표의 인원이 월등히 더 많아 이 방법이 자신들에게 월등히 유리했기 때문이었다.

하지만 국왕 루이 16세는 '국민의회'를 선포하고 제3신분을 의회에서 축출했다. 그러자 제3신분 대표들은 테니스장에 모여 헌법이 제정될 때까지 저항하기로 결의했다. 국왕은 제1신분과 제2신분 대표들이 국민의회에 참석할 것을 허용하고, 국민의회 보호와 질서유지를 위해 군대를 파견했다. 하지만 루이 16세가 대다수 국민의 신망이 두터웠던 재정고문 넥케르를 해고하자 폭동이 일어났고, 7월 14일에는 시위대가 그 유명한 바스티유 감옥을 파괴하는 사건이 발생했다. 이와 유사한 감옥 파괴 사건이 전국에서 동시다발적으로 발생했고, 설상가상으로 왕비 마리 앙트와네트가 혁명을 모독하는 발언을 했다는 소문이 돌자 분노한 시위대는 바르세이유의 국왕 처소로 몰려들었고, 국왕은 시민들에게 굴복하여 파리로 이주하게 된다.

마침내 1789년 8월 프랑스 구체제('앙시레즘')이 무너지고, 국민의회는 '인권선언'을 공포하였다. 국민의회에서는 사법부 독립과 단원제 의회를 규정한 '헌법'이 제정되었고, 이에 따라 국민의회가 해산되었고 곧이어 1791년 10월에는 '입법의회'가 열렸다.

그런데 '입법의회'에서 입헌군주제를 주장해온 온건 지롱드 당의 세력이 점차 약해지고 말았다. 대신 새롭게 세력을 잡은 과격 공화파 자코뱅당과 그 지도자들이 혁명을 주도했다. 하지만 프랑스 혁명이 자국에 전파되는 것을 우려한 오스트리아와 프로이센이 프랑스에 선전포고를 했다. 그러자 자코뱅당이 무능한 정부를 비판하면서 정권을 쥐었고, '국민공회'를 소집하여 중도파를 끌어들이는 데 성공하며 악명 높은 공포정치를 펼치기 시작했다. 국민공회는 1793년 1월 루이 16세를 단두대에서 처형하고 제1공화국을 선포하였다. 또한 자코뱅당은 공안위원회와 혁명재판소를 설치하여 망명귀족, 반혁명 세력 그리고 외국인 혐의자 등을 잔혹하게 처형했다. 자코뱅당은 루이 16세의 왕비인 마리 앙투아네트도 처형하였다. 공안위원회는 또 혁명적 정책들을 단행하여 빈농에게 토지소유를 허용하고 생필품과 임금 최고가격제를 시행했으며, 망명귀족의 재산을 몰수해 농민에게 분배하고 초등교육을 의무화했다.

하지만 공포정치는 오히려 사회적 불안과 경제적 침체를 격화시켰다. 자코뱅당이 시행한 공화국 정책은 국민들에게 견딜 수 없는 헌신을 강요했을 뿐만 아니라 비인간적인 잔혹성을 멈추지 않았다. 결국 반혁명세력이 집결하여 내분에 빠진 국민공회는 자신들의 지도자인 로베스피에르를 군중에 내주게 된다. 그는 추종자들과 더불어 1794년 7월 군중들이 지켜보는 가운데 단두대에서 처형되었다.

이제 국민공회는 해산되고 '5인 집정정부'가 수립되었지만, 사회에 만연된 테러, 물가폭등, 실업증대 등의 산적한 문제를 해결하지는 못했다. 마침내 나폴레옹의 쿠테타가 일어나 집정

정부는 무너지고 말았다.

새로운 세력을 형성한 나폴레옹은 신성로마제국의 황제가 여전히 세력을 펼치고 있는 모습을 견딜 수가 없었다. 당시 신성로마제국의 황제는 오스트리아의 여왕 마리아 테레지아의 남편인 프란츠였다. 나폴레옹은 독일 땅에서 가장 세력이 강한 프로이센과 오스트리아를 차례로 침공하여 제압하고 자기가 그토록 원했던 유럽 땅에서 가장 강력한 권세자로 등극하는 데 성공하였다.

아무리 나폴레옹이 시민들의 입장을 대변한 새로운 위정자요, 해방자라 하더라도, 그것은 프랑스 국내에서만 인정할 수 있는 일이었다. 아직 단일 국가체제를 갖추지 못한 독일에서는 자유의 상징인 나폴레옹이 침략자일 뿐이었고, 합스부르크 왕가의 위상을 정립해가던 오스트리아에서도 나폴레옹의 침략에 저항하여 자유주의와 민주주의를 표방하기로 정책을 결정하는 대신 왕정복고 정책을 더욱 공고히 다지는 데 몰두하였다.

더욱이 앞에서 언급했던 프랑스에서 일어난 일련의 단두대 처형 사건들은 계몽주의 시대에 합리주의적, 이성적 사고방식을 터득한 독일 시민들에게 이성의 파국으로 여겨졌다. 그래서 독일 예술계는 세상 문제와 정치 문제에 적극적으로 개입하는 대신 내면의 세계로 젖어드는 길을 택했다. 특히 젊은 예술가들은 현실보다는 내면세계를 더 중요시하는 입장을 피력하기 시작했다. 어쩌면 현실 도피적으로 비칠 수 있는데, 여기에는 그만한 이유가 있었다. 당시에 독일 영토에서 가장 막강한 국가는 프로이센이었고, 형제 국가인 오스트리아와는 7년 전쟁을 치른 터라 프랑스를 상대로 동맹을 결성하여 프랑스군에 저항할 기력도 없었다. 프랑스는 1792년 이후 새로운 전략과 수적인 우세로 무장하고 계속해서 이웃국가들을 침략하여 지금까지 유지되어 오던 유럽의 세력 균형에 새로운 경계선이 생길 조짐을 나타냈다. 제 아무리 프로이센이 오스트리아와 7년 전쟁을 치러 승리했다하더라도, 프랑스의 주도면밀한 침략을 당해낼 수는 없었다.

지리적으로 프랑스와 러시아 사이에 위치한 프로이센은 1795년 프랑스와의 전쟁 지속을 포기하는 '바젤 평화조약'을 맺어 반프랑스 연합전선에서 탈퇴했다. 라인란트(Rheinland)를 프랑스가 합병하는 데 동의하고, 대신 프랑스가 침략으로 점령하고 있던 라인강 동쪽 지역을 되찾았다. 이 조약체결 이후 10년 간 프로이센 군사력의 보호를 받는 북독일과 동독일에는 평화가 지속되었다. 바로 이러한 평화 시기에 지금도 독일이 자랑하는 괴테, 쉴러, 노발리스 그리고 훔볼트의 예술과 사상이 꽃 피울 수 있었다. 하지만 프로이센의 이 같은 결정은 권력이 프로이센에 집중되게 만들었고 결국 신성로마제국의 몰락을 부채질하고 말았다.

이 당시 유럽의 권력 싸움은 프랑스와 러시아의 대결이었다. 과거의 스페인과 포르투갈은 18세기 말과 19세기 초에 이미 치른 전쟁으로 인해 더 이상 기력을 되찾을 수 없는 상태였고, 러시아는 영국을 제압하기 위해서 프랑스와 연합전선을 구축하기까지 했다. 프랑스는 승승장구 승리를 거듭했다. 프랑스는 벨기에마저 병합하여 영토를 넓혔고, 네덜란드와 스위스를 보호령으로 만들었으며, 이탈리아를 분할하여 자매공화국으로 이끌었다.

반면에 전쟁에 패배한 독일의 제후국들, 즉 바이에른, 뷔르템부르크와 바덴, 헤센-카셀은 라인란트를 프랑스에 병합시키는 조건으로 적절한 보상을 받았다. 그것은 프랑스에 적극적으로 밀착하여 제 살길을 보장받는 것이었다. 그러나 군소제후, 교회령, 기사령, 제국도시 등은 희생당하고 말았다. 이들을 보호해줄 세력은 독일의 제후들이 아니라 프랑스와 러시아 뿐이었다. 독일 영토, 즉 당시에 존재하던 신성로마제국의 가장 큰 지역인 독일에만 314개의 영세한 국가들이 있었는데, 1803년 소집된 레겐스부르크 제국의회에서 프랑스와 러시아의 압력으로 인해 30개 이내로 줄어들었다. 거의 몰락하고 과거의 힘과 영향력을 상실한 것이었다. 이로써 1,000년 이상 존속되던 국가질서와 법질서가 무너지면서 모든 것을 지배하고 종속시키려는 근대의 중앙국가가 승리를 쟁취했다.

프랑스와 유럽의 관계

1804년 프랑스의 제1통령 나폴레옹은 라인란트를 순회 방문하였고, 이곳 주민들은 그를 열렬히 환영했다. 과거 주교령, 수도원령, 기사령, 제국 도시령 등에 소속된 주민들이 재산을 얻게 되고 권력 이동으로 일정한 명성도 얻게 되었으니 나폴레옹을 환영하는 건 당연한 일이었는지도 모른다. 이러한 일련의 사건들을 지켜본 독일 지식인층은 참담함, 자괴감, 분노, 허망함 등 복잡한 심경을 갖게 되었다. 1805년 나폴레옹은 오스트리아 아우스터리츠(Austerlitz)에서 오스트리아와 러시아의 주력군을 대파했고, 프레스부르크 평화협정을 맺어 오스트리아를 열강의 지위에서 중류 정도의 국가로 강등시켰다. 나폴레옹이 1806년 7월에 라인란트 병합 지역을 방문하자, 남독일과 남서독일 지역의 16개 국가 대표들이 라인동맹을 체결하고 제국과의 결별을 선언함과 동시에 프랑스 황제의 보호령이 되기로 결정했다. 방문을 마치고 돌아간 나폴레옹은 8월에 파리에서 황제 대관식을 거행했다.

이제 유럽에는 두 명의 황제가 존재하게 된다. 오스트리아 빈에 있는 신성로마제국의 황제 프란트 2세는 1806년 7월에 스스로 황제 관을 내려놓았다. 같은 해 9월 프로이센의 빌헬름 3세는 프랑스에 선전포고를 하였다. 프랑스는 주력군대를 보내 예나-아우어슈태트(Jena-Auerstädt) 전투에서 프로이센 군대를 격파하였다. 전력을 상실한 프로이센은 이후 더 이상 버틸 수 없는 상태가 되었다. 승리 후 베를린에 입성한 나폴레옹에게 시민들은 환호하였고, 철학자 헤겔은 "나는 말을 탄 세계 정신을 보았다"는 유명한 말을 남겼다. 그 후 프로이센의 프리드리히 빌헬름 3세는 나폴레옹이 요구한 가혹한 평화안을 그대로 수락할 수밖에 없었다. 당시에 나폴레옹과 러시아 황제 알렉산더 1세가 양국 간의 세력 균형을 위해 중간지대를 설정해 둔다는 계산을 하지 않았다면, 프로이센은 지도상에서 사라졌을지도 모른다.

전쟁은 군인들 사이의 싸움이 아니다. 전투의 흔적은 고스란히 피해국 국민들의 삶을 처참하게 만들뿐이었다. 자존심이 상하고 더 이상 희망도 없을 것 같은 이 싸움에서 독일 민족의 정신에 숨통을 터주는 계기가 있었다. 나폴레옹이 1810년에 첫째 부인 조제핀과 이혼하자, 두 달 후 오스트리아의 프란츠 2세는 자신의 딸인 마리아 루이즈를 나폴레옹과 결혼시켰다. 나폴레옹은 오스트리아와 연합전선을 펴 대항한 러시아에 복수하기 위해 1812년 6월 러시아 원정길에 나섰다. 나폴레옹은 모스크바에서 결전을 미루는 러시아 황제 알렉산더 1세의 전략을 간파하고는 즉각 회군을 결정하였지만 시기를 놓치고 말았다. 나폴레옹은 라인동맹의 독일 제후국을 시켜 전열을 정비하여 독일 동부에 위치한 라이프치히에 집결하였다. 프로이센과 오스트리아는 나폴레옹의 그늘에서 벗어나기 위해서 러시아와 동맹을 맺었다. 게다가 스웨덴, 스페인, 포르투갈 그리고 영국이 대동맹을 결성하여 1813년 10월 16일부터 19일까지 독일 동부 라이프치히 전투에서 일대 격전이 벌여 프랑스군을 격퇴시켰다.

독일 국민들의 자유정신

프랑스가 프로이센을 점령하기 위해 침공했을 무렵부터 국민들은 자국에서 일대 혁신과 개혁이 단행되기를 기대했었다. 하지만 프로이센의 국왕은 개혁을 시작을 계속 늦추고 있었다. 서서히 국민들 사이에서도 프랑스 점령군에 대한 저항운동이 일어나기 시작했다. 하지만 개혁이 느리게 진행되자 점점 많은 수의 시민들은 프랑스를 대상으로 한 정부의 굴욕적인 외교 자세를 모욕적이고 유약한 것이라 느끼게 되었다. 프랑스 군의 점령시절에 겪은 수모는 독일인들에게 '조국'과 '민족'이라는 말에 담긴 새로운 힘을 일깨워 주었다. 철학자 요한 고트립 피히테는 1807년부터 1808년 겨울에 점령당한 제국의 수도 베를린에서 있었던 '독일 민족에게 고함'이라는 저 유명한 강연을 통해 독일 민족은 타락하지 않은 순수한 민족이며, 프랑스의 군사적, 문화적 속박을 뚫고 자신들의 자유와 통일을 위해 투쟁해야 하고, 이를 통해서 역사의 진보에 기여해야 한다고 외쳤다. 시인 에른스트 모리츠 아른트는 "하나 된 마음이 우리들의 교회요, 프랑스에 대한 증오가 우리들의 종교이며, 자유와 조국이 우리들이 공경하고 섬겨야 할 성자다"라고 애국적인 시와 정치논문을 통해서 국민들에게 사기를 불어넣었다.

나폴레옹군이 러시아에 참담한 패배를 당해 퇴각하고 있다는 소식이 전해지자 독일 전체의 분위기는 급변했다. 바로 애국심이 발현했기 때문이었다. 한때 나폴레옹을 칭송하고 환영하던 독일인들은 1806년 신성로마제국이 멸망했을 때도 별 반응을 보이지 않았었지만, 이제는 프랑스 군의 패배소식에 열광했다. 1813년 3월17일 프로이센의 국왕 프리드리히 빌헬름 3세는 "나의 국민에게"라는 교서를 발표했다. 이 교서는 대다수 국민들에게 프랑스 혁명 당시 프랑스 시민들과 농민들이 봉기를 일으키던 것과 흡사한 열광을 받았다.

라이프치히 전투에서 대승을 거둔 연합군은 1814년 봄 파리까지 진격하였다. 마침내 나폴레옹은 몰락했고, 약 20년간 지속되었던 전쟁 시대도 종식되었다. 사람들은 전쟁이 끝났으니 이제 독일에 헌법이 제정되고 독일이 통일될 수 있으리라고 믿었다. 1815년 연합국 정치가들과 외교관들이 빈에서 모여 회의를 개최했다. 이들의 가장 큰 두려움은 유럽 각국에서 민족주의에 입각한 새로운 질서가 생겨나는 것이었다. 그들의 가장 중요한 대응책은 왕정복고와 나폴레옹 전쟁 이전의 국가 시스템과 정치질서를 회복하는 것이었다. 그리고 이 회의는 1792년 이전의 영토를 소유한다는 합의를 보았다.

1815년 열강들이 빈 회의에서 합의한 독일과 유럽의 질서는 각국이 자기 나라의 국내사정에 맞게 정책을 수립할 수 있도록 신축성을 부여하고 있었다. 각 나라는 보수적 헌법을 제정할 수도 있었고 자유주의적 헌법을 제정할 수도 있었다. 1817년 독일에서는 대학생들이 300년 전 마르틴 루터가 성경을 최초로 독일어로 번역했던 아이제나흐(Eisenach)의 바르트부르크 성에 모여 시국집회를 열었다. 그들은 자유롭고 통일된 독일을 요구했고 반동적이며 반민족적이라 생각한 작가들의 책을 불살랐다.

매년 집회를 열던 대학생들은 이후 민족주의적인 이상에 고취되어 과격한 행태를 보이게 되었다. 그러다가 민족주의를 조롱했다는 이유로 어느 작가를 살해하는 사건이 터지고 말았다. 급기야 1819년 각국의 재상들은 대학생들의 모임을 강경 진압했고, 민족주의와 자유주의 운동세력은 지하로 숨어들었다. 반혁명전선이 안정을 되찾아 제자리를 잡든 듯 보였다. 하지만 강경진압정책을 주도한 오스트리아의 재상 메레트니히는 역사의 흐름을 되돌릴 수 없음을 알고 있었다. 유럽의 복고체계가 붕괴하는 중이라는 것을 직감했던 것이다. 이후 프랑스에서 일어난 1830년 7월 혁명은 독일인들에게 다시금 민족주의적이며 자유주의적인 시대정신의 자극제가 되었다. 이후 독일에 제국 헌법이 논의되고 도입되던 1848년까지 다양한 분야에서 큰 변화가 일어났는데, 변함없는 이슈는 민족국가, 통일국가라는 미래상이었다.

박진권

1776년   1월 24일 쾨히니스베르크 (현재의 러시아 칼리닌그라드)
에서 출생했다.

1792년   쾨히니스베르크에서 법률을 공부하기 시작했다.

1798년   변호사 시험에 합격하고 베를린으로 건너갔다.

1804년   폴란드 바르샤바에서 사법관 일을 시작한다.

1806년   나폴레옹의 침공으로 인해 관직을 잃게 된다.

1808년　밤베르크 교향악단 지휘자로 임명되어 음악 활동을 시작
　　　　한다.

1810년　〈베토벤의 교향곡 5번〉에 대한 평론을 기고하면서 처음으
　　　　로 음악 분야에 낭만이라는 말을 사용함으로서 음악계에
　　　　영향을 미친다.

1814년　베를린 법원으로 복직하게 된다. 낮에는 법률 업무를 밤에
　　　　는 창작 활동을 병행하면서 소설집 〈깔로풍의 환상집〉을
　　　　발표하고 이 작품이 인기를 끌면서 문단의 주목을 받았다.

1816년　장편소설 〈악마의 묘약〉과 〈모래 사나이〉가 수록된 소설
　　　　집 〈밤풍경〉을 발표했다.

1819년　중편소설 〈키 작은 차헤스, 위대한 치노버〉를 출간했다.
　　　　이어서 친구의 아이들에게 들려주려고 쓴 동화소설 〈호두
　　　　까기 인형과 생쥐 왕〉을 집필했는데 이 작품은 아이들을
　　　　위한 판타지와 스릴있는 기묘함이 어우러져 특히 겨울 크
　　　　리스마스가 다가오면 누구나 즐겨 읽는 세계적인 이야기
　　　　가 되었다. 이와 함께 〈스퀴데리 부인〉등이 수록된 소설집
　　　　〈세라피온의 형제들〉을 완성해서 발간했다.

1820년 〈브람빌라 공주〉를 발표했다.

1821년 장편소설 〈수고양이 무어의 인생관〉을 발간했고, 이후 소
설집의 후속권들을 계속 집필했다.

1822년 6월 25일 병상에서 작품 〈사촌의 구석 창문〉을 구술로 마
무리했다. 뒤이어 당국과의 마찰로 검열당한 작품 〈벼룩
대왕〉을 출간했다. 같은 해 6월 25일 베를린에서 병세가
악화되어 사망했다.

1892년 12월 18일 〈호두까기 인형과 생쥐 왕〉이 러시아 국립 마
린스키 극장에서 차이코프스키 3대 발레 중의 하나인 〈호
두까기 인형〉의 이름으로 성공적인 공연을 갖고 세계 음
악사상 가장 유명한 스토리 중 하나로 자리잡게 된다.

옮긴이 박진권

한국외국어대학교에서 독문학 석사를, 독일 보쿰 대학교에서 박사 학위를 받았다. 〈독일어 무역 통신문〉, 〈영어대조 독일어〉, 〈독일어 회화사전〉을 집필했다. 번역한 책으로는 〈독재자를 고발한다〉, 헤르만 헤세의 〈싯다르타〉가 있다.

호두까기 인형

초판 1쇄 펴낸 날 2018년 12월 31일

지 은 이 에른스트 호프만
그 린 이 대그마르 베르코바
옮 긴 이 박진권
펴 낸 이 장영재
펴 낸 곳 (주)미르북컴퍼니
자 회 사 더클래식
전   화 02)3141-4421
팩   스 02)3141-4428
등   록 2012년 3월 16일 (제313-2012-81호)
주   소 서울시 마포구 성미산로32길 12, 2층 (우 03983)
E-mail sanhonjinju@naver.com
카   페 cafe.naver.com/mirbookcompany